未来好不好，走过去才知道

彭彦花　著

花山文艺出版社
河北·石家庄

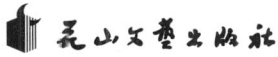

图书在版编目（CIP）数据

未来好不好，走过去才知道 / 彭彦花著 . -- 石家庄：花山文艺出版社，2020.6（2021.9 重印）
ISBN 978-7-5511-2269-6

Ⅰ．①未… Ⅱ．①彭… Ⅲ．①散文集－中国－当代 Ⅳ．① I267

中国版本图书馆 CIP 数据核字（2020）第 003653 号

书　　名：	未来好不好，走过去才知道
著　　者：	彭彦花
责任编辑：	刘燕军
责任校对：	王李子
封面设计：	钟文娟
版式设计：	刘昌凤
美术编辑：	胡彤亮
出版发行：	花山文艺出版社（邮政编码：050061）
	（河北省石家庄市友谊北大街 330 号）
销售热线：	0311-88643221/29/31/26
传　　真：	0311-88643225
印　　刷：	三河市华晨印务有限公司
经　　销：	新华书店
开　　本：	880×1230　1/32
印　　张：	7.5
字　　数：	140 千字
版　　次：	2020 年 6 月第 1 版
	2021 年 9 月第 2 次印刷
书　　号：	ISBN 978-7-5511-2269-6
定　　价：	59.80 元

（版权所有　翻印必究·印装有误　负责调换）

不管遇到多阴郁的天气，
总有拨云见日的时候；

不管背负多艰难的过往，
终会峰回路转、柳暗花明。

目录

别让你所谓的自由辜负亲人的血汗	001
放手这件事,别人帮不了你	006
姑娘,没有任何男人值得你在他家楼下的夜风里哭泣	011
讲真,我还挺羡慕别人嘴里的我自己	016
每个烧过日记本的姑娘都是有故事的人	020
那些暗恋成就了你生命中最美好的时光	025
那些靠美貌换取优越生活的人现在怎么样了?	029
你考验她,就别怪她跟你翻脸	035
你所谓的大度,只是无底线的纵容	039
你要享受美国式的自由,就别再逼父母给予中国式的牺牲	044
你在婚姻的船上独自划桨的背影令人心酸	048
女人中年,哪能全是岁月静好	052

目录

| 身后的狼狗比前面的蛋糕让你奔跑得更有动力　　　　056
| 人生总是很累，现在累，是为了将来不累　　　　　　062
| 所谓情商高，不过是愿意为别人多考虑一点　　　　　067
| 那一年，我也曾经是"北漂"　　　　　　　　　　　　071
| 为爱分担，是对自己的成就　　　　　　　　　　　　077
| 我爱你，不是只靠嘴巴说说而已　　　　　　　　　　082
| 我不是怕你，我只是对爱屈服　　　　　　　　　　　086
| 我没事儿，就是想听听你的声音　　　　　　　　　　093
| 因为想你，所以满世界都是你　　　　　　　　　　　097
| 这世界上唯一祈求不来的是感情　　　　　　　　　　100
| 知识可以改变眼界，食物也可以　　　　　　　　　　105
| 最怕熬到苦尽，却没盼到甘来　　　　　　　　　　　108
| 做女人，当如香水　　　　　　　　　　　　　　　　116
| 爱一个人，最好的方式是和他一起飞翔　　　　　　　120

目录

| 那些轻而易举就成功的人是怎么做到的? 124
| 你以为你还是个小姑娘啊？没错，是的! 128
| 爱情也有保质期 132
| 别等了姑娘，他所谓的时机不对只因想娶的不是你 136
| 你有多热爱，生活就有多精彩 141
| 莫道前情难忘，难忘的只是年少时光 146
| 若是可以哭，谁愿意勉强笑呢? 150
| 你连自己能干什么都不知道，别人怎么帮你? 154
| 举手之劳而已，你自己为啥不举? 159
| 给梦想恰如其分的期待 163
| 中年的酒，谁都得喝一壶 169
| 有一种东西，多少钱都买不来 174
| 未来好不好，走过去才知道 177
| 最悲哀的教育是让孩子永远依靠你 181

目录

| 我爱你，因为我爱你 　　185
| 赢不了的对抗 　　189
| 成长的姿态 　　193
| 最初的梦想 　　196
| 杜鹃花开 　　200
| 洛可可的忧伤 　　204
| 年华不待微微凉 　　211
| 母亲的谎言 　　216
| 轻轻流过的夏风 　　219
| 与文字谈一场有始无终的恋爱（代后记） 　　227

别让你所谓的自由辜负亲人的血汗

去单位加班，在网上打了一辆滴滴快车。司机师傅是个打扮利落的帅气小伙子，都是同龄人，又很健谈，途中聊天时小伙子说自己以前是开出租车的，从白天跑到半夜，每个月能挣六千多块钱。

我说："哦，真不少！那现在呢？"

小伙子说："现在我感觉比较自由，想出车的时候，我就接个单，不想出车的时候，我就和朋友们去钓钓鱼。"

小伙对挣多少钱避而不谈。

"那现在一个月挣多少钱呢？"我不死心地问。

"两千多。现在比较自由。"小伙子又强调了一下。

"现在物价这么高，两千多可不够家用的呀。"我又开始了杞人忧天。

小伙子骄傲地说："我媳妇工资高，她在纺纱厂一个月能挣四千多，下了班还做着微商，一个月还能多挣三千来块。"

看着小伙子带着得意的表情喋喋不休地说着他媳妇儿每天能卖多少

货挣多少钱，我的心里涌起了阵阵心酸，为那个从没见过面的小媳妇。

我有好几个朋友和亲戚都在纺纱厂上班，我很了解他们的工作状态，上班的八个小时要在车间里不停地走来走去，眼睛要紧盯着机器，手上还要麻利地忙活着。这一天下来，有的能走十多公里，回到家，大多都会累成"葛优躺"。

我无法想象那个年轻的小媳妇有着怎样强大的躯体和精神，能够在如此大的劳动强度下还能打起精神利用业余时间做微商。如果她不是因为实在太爱钱，那么就一定是太爱他，才会让自己打起一百二十分的精神换取他所谓的自由。

如此说来，这个世界上需要心疼的人很多。

有个朋友，已经四十多岁，夫妻两人都在建筑工地打工，做着没有技术含量的装修工作。膝下仅有一子，自然是格外娇惯。从小到大，孩子想要的，没有不给的。

孩子高考落榜之后，就窝在家里不肯出门。两口子一劝他去找个工作，孩子就吼："你们就不能让我自由地活着吗？"两口子只得安慰自己，孩子只是情绪低落，过段时间就好了。

现在时间已经过去了两年多，孩子依然追求着"自由的生活"不肯出门找工作，每天醒来之后就是吃饭、打游戏，吃饭、打游戏、睡觉。

终于有一天，当父亲的忍不住把儿子教训了一顿。没想到，儿子一怒之下自己搬到了五楼，仍然是天天打游戏。朋友夫妻俩却多了一项工作，就是每天三次从一楼往五楼送饭。

孩子的奶奶去世，出殡那天，孩子出门站了一会儿，说阳光太刺眼，回屋了；孩子的太奶奶去世，他根本就没有出门。

朋友一边对前来吊唁的宾客摇头叹息说"唉，没治了，没治了"，一边端着饭菜送到楼上。

自由生活是个很美好的愿望，但前提是你有保障自己生存下去的能力，否则，你享受自由的同时吞噬的都是亲人的血汗。

睡觉睡到自然醒，然后按照心情意愿，选择吃点早餐，做着随心欢喜的事情；约上三五好友，一起喝喝茶、聊聊天，悠闲的下午时光就这样悄然流逝。

我说的是我的梦想，当然，仅限于梦想。

因为在现实生活里的我还有着许多责任，父母已经年迈，孩子尚且年幼，虽然父母不曾给我们压力，但是身处中间的我们依然觉得这担子挑得责无旁贷。想通过努力，让父母的晚年生活增添保障；想通过努力，给孩子们的成长多些快乐。

年轻的时候也曾想要过自由的生活，也曾一度在辞职之后把所有东西都搬回镇上的老家，告诉父母，从此以后我要专心写东西——那个时候我每月的稿费尚不过千。父母虽然对我依靠写东西维持生活的想法并不看好，但依然表示，他们能够养得起我。父母对待自己的孩子总是容易降低宽容的底线。

我在家里仅仅待了一个月，一个已经退休的文学前辈给我打了若干次电话，他是一个很温和的人，从来不会说重话。记得最严重的一次，他在电话里说："你现在想养老有点儿太早了吧？"他帮我介绍了两份工作，我去面试，然后，又出来工作，一直到现在。

现在回头想想，曾经豪气十足地想要依靠写东西来养活自己的想法实在不太靠谱，因为即便在几年后的今天，我每月的稿酬仍然未过千。

要好的闺蜜，十九岁毕业后就成为在商界打拼的创业者，这期间我们也曾在聊天的时候多次说过，如果有机会，要找所大学去读书，要感受一下在大学校园里面读书发呆的美好。

当然，这也仅限于说说。说完之后，她又像个男人一样在商场上奔波。

曾经有人说过，孩提时，你的面子是父母给的；长大后，父母的面子是你挣来的。

我们还远远未曾达到给父母挣面子的境界，所有的奔波劳碌都只是为了让父母的晚年生活不必太辛苦；在出门旅游的时候，可以不必因为有些风景要收费而舍不得看；在生病的时候，可以有钱住进医院，可以不用考虑医药费的多少。

当然，很多时候，人们凭借自己的双手赚取了足够保障生活的物质基础之后，却又被套上更多的责任枷锁，依然无法去享受真正的自由生活。可是，如果一味贪享一时的自由欢快，最终却让家人背负沉重的包袱，你，还能心安理得地快乐吗？

放手这件事，别人帮不了你

嗨，亲爱的朋友们，大彦花的周六故事又来了，前几天有一个小伙子在微信后台向花姐倾诉：他爱上了一个姑娘，可是那个姑娘的家庭、学历、工作都较他好太多。他苦追两年，姑娘却牵手他人，他说："我对未来失去了希望。"

最容易惹烦恼的是相思，最容易让人痛的相思是暗恋，最让人感觉无奈的是你爱的人无法触及却又常驻心底。若是暗恋了一个普通人，或许你的机会还多些，若是暗恋了一个遥不可及的人，怕是只能自己纠结、痛苦到放弃。看看下面两个人的故事你就会懂了，放手这件事，别人帮不了你。

有个认识的朋友，叫达西。考了江苏一个城市的公务员，相对同龄人来说，工作不错，待遇也算可以。

十年寒窗，一朝中举，之后首要任务当然是尽快娶个美娇娘。

达西心里有人，是他大学的同学，家就在江苏。姑娘是校花，人当然漂亮。达西只知道她家境富裕，却不知道她家富裕的程度——在那个城市可称首富。而达西的父母，一个是清贫的教书先生，一个是私营企业的会计。

达西当初考那个城市的公务员就是奔着女同学去的。他去了姑娘的城市工作，姑娘却去了加拿大留学。

圣诞节，姑娘从加拿大回国，达西迫不及待地联系她。得知达西考取了她城市的公务员，姑娘邀请达西吃饭。达西试探地问姑娘能不能去她家里吃饭，姑娘爽快地答应了。那一瞬间，达喜高兴地浮想联翩，他有一种新姑爷上门拜访丈母娘的感觉。

买了几样他自认为拿得出手的礼物，坐着女同学的车到了她家，那是掩盖在一片花海中的幽静别墅。进了院子，到处都是叫不出名的珍奇树木、花草，还有只在电影里看到过的私人游泳池。进了大厅，装修奢华的程度更是让他觉得自己渺小得像一颗土豆。

吃完饭回来的路上，虽然女同学家庭超出他想象的富裕程度让他沮丧，可是，他仍然憋足了勇气向女同学告白。

不出所料，他被拒绝了，女同学说，她有男朋友，希望和他做永远的同学。

达西翻阅了几十本恋爱秘籍，找了几十个过来人传授经验，然后展开温情攻势——每天都给远在加拿大的女同学发一封长长的电子邮件，讲他们曾经在校园里的趣事，讲他现在工作的开心和不开心，讲这个城市的点滴变迁，唯独不讲他对她的思念。

女同学一个月后回了一封电子邮件：达西，我很感动，可是感动不是爱情，我有男朋友，希望你早点儿找到属于你的爱情。

达西不再给女同学写信，而是把他对女同学所有的思念都刻在心里、写在日记里、写在文章里、藏在匿名寄给女同学的礼物里。在那个远离家乡的城市，达西形单影只，小小的出租屋却因为心里的相思变得无比温暖。

只要离她近一点，就好。他想。

达西偷偷给女同学寄了几年的越洋礼物，时间匆匆而过，达西依然单身一人。女同学回国，和男朋友举办了盛大的结婚典礼。

参加完女同学的结婚典礼，达西迅速办理辞职手续回到家乡。他说，她结了婚我才知道，爱上一个爱而不得的人，离她越近，越痛。

二十年前，我们镇上有一个裁缝铺，裁缝铺里有一个打杂的大姑娘，大约二十七八岁，未婚。在那时的小镇上，二十七八岁的姑娘还没结婚是件令父母非常没面子的事情。

姑娘心里有人,她心里的那个人,全国很多人都认识:大歌星,蔡国庆。

谁年轻的时候没有暗恋过几个明星啊?可姑娘是明明白白的痴恋。

她白天想,夜里念,时间久了,人也变得恍恍惚惚。

有次我去做衣服,姑娘面苫桃花羞涩地告诉我:"蔡国庆又给我来信了,他跟我商量着国庆节结婚。"

十三四岁的我正迷恋追星,一听到大明星蔡国庆的名字就两眼放光,又听她自称是蔡国庆的未婚妻,更是对她佩服得五体投地,追着裁缝铺老板娘给我找本子找笔,让她给我签名。

裁缝铺老板娘一声叱喝:"她疯你也疯啊!"

如今,达西在一个房地产公司做策划,娶了媳妇,媳妇是典型的北方姑娘,不娇小,但很朴实。

结婚那天,达西醉了,搂着媳妇儿对我们说:"哥们儿就一个感觉——心踏实了。"

如今,裁缝铺的姑娘早已嫁人,成为两个孩子的妈。前些日子回娘家,看她带着两个孩子赶集,和左邻右舍的中年妇女一样,熟练地和菜贩子讨价还价。虽然粗糙的脸上布满岁月的风尘,可我却从她的菜篮子和她身后牵着的两个孩子体味到人世间平凡又真切的幸福感。

在古代，婚姻是门当户对的挑选；而今，恋爱是你情我愿、是志趣相投，旗鼓相当更能长久和谐。

年轻的时候执着于一场爱恋是一件美好的事情，可是若执着于一场望而不得的苦恋，却不亚于把自己推入一个痛苦的深渊。或许多年以后，你会像文中两个人一样突然发现，你苦苦追寻不得、念念不忘又不肯放下的，不过是你虚妄的执念，唯有把握住当下最真实的才最容易得到幸福。

姑娘，没有任何男人值得你在他家楼下的夜风里哭泣

这个姑娘出现得有点突然，以至于我盯了她五分钟都没反应过来她是人还是鬼。

昨晚十点半，初秋的夜风已经颇为清凉，我裹紧身上的卫衣，紧闭车窗，加快油门回到小区。停稳车，正想熄火关钥匙，这时我发现了她——她背向我的车头，在我们楼道门外站着，长发，左侧捋到了前面，右侧在脑后披散着，一件薄牛仔衬衣，下身穿着牛仔九分裤，细细的脚踝就裸露在夜风里。

是人？是鬼？我不敢熄火，更不敢下车。拿远光晃了她几下，也没有反应，一向胆子小的我心里更没了谱，坐在车里盯着她足足有六七分钟。

突然，她的胳膊动了动，吓了我一跳。正当我纠结是继续在车里等老公回来还是自己壮着胆子下车的时候，楼上的邻居从外面回来了，我赶紧下车和邻居打了声招呼，跟他一起上楼。进了楼道，我低声问邻居：

"这个是人是鬼啊,大半夜的这么吓人?"

邻居被我冒失的问话也吓了一跳,回头看了看,然后转回头来说:"是人吧,刚才我出去吃饭的时候她就在这站着。"

掐指算来,这个姑娘已经在这里站了三四个小时。

拉窗帘的时候,我特意往外又望了一眼,姑娘还站在那里。这个角度能看到她拿着手机在拨弄,难道是蹭网的?夜风吹过,她的裤腿儿晃晃荡荡,我不禁替她打了一个寒战。

半小时后,老公从外面回来了,我问他:"看到外面有个姑娘吗?"他说:"我刚才看到你发的朋友圈了,回来拉拉你的车门,看你没在车里,我就过去跟她说话了。那姑娘在哭,她说在等她对象呢。"

原来不是贪玩蹭网。我自言自语。

老公继续说:"她说在等隔壁三楼的人,已经打了电话,很快就会回来。"

我撇了撇嘴:"很快?楼上邻居说她已经在这站了三四个小时了!"

过了一会儿,老公突然说:"要不你去把她领到家里来吧?这大晚上的,又这么冷,又怪可怜的。"

我想想那个披散着长发的背影,摇摇头说:"我害怕,我不去,要去你去。"

老公皱着眉头说:"我一个大男人家,你是女的,比较方便。"

争论了二十来分钟，最后还是决定老公出去跟她聊聊，看是不是需要送她回家或者报警。

老公出去五六分钟之后就回来了，说那个姑娘已经不在那里了，他在小区里找了找，没有人。

我拉开窗帘，看看外面，只有昏暗的灯光，风吹过，树叶子摇摇晃晃。

姑娘等的那个人年方几何，做什么工作，是否婚配，我都不清楚，只是，我突然想告诉姑娘这样一句话——如果一个男人真的爱你，他才不会舍得你独自站在他家楼下的冷风里哭泣。更别提在三四个小时里，他一直在敷衍你一会儿就回。

或许在你们最初感情正浓的时候，他也曾经对你很好，很温柔，很体贴。但是姑娘，看你的样子只有二十来岁，他对你好了多久？一个月、两个月？半年、一年、两年？如果仅仅这么短的时间，也就已经变得对你如此冷淡，那如何能指望他在以后几十年的婚姻岁月里，能够爱护你，体贴你？

突然想起一个学姐的校园之恋，她在读大学的时候，爱上了他们的一个学长。那个学长既是学霸，又是学校社团里的风云人物。学姐爱她爱得死心塌地，他对学姐也是呵护有加，热恋中的浓情蜜意常常虐死了单身狗。

学长先她两年毕业，毕业后，学长工作顺水顺风，不到一年，便升任了单位的部门经理。

他对学姐的冷淡也是从那个时候开始的。

可单纯的学姐还是一往情深，在学长已经开始躲避她不肯接她电话的时候，她依然深情地回忆着两个人曾经在一起的甜蜜时光：冬天的夜里，两个人因为不舍得分开，站在宿舍的楼下，学长为她暖着手谈天说地；一个月奢侈地下一次小饭馆，学长细心地为她剥去虾壳……

可是回忆里的温暖终究无法掩盖现实的炎凉。

当学姐再一次按捺不住相思之情跑到学长的单位，正好撞见学长出门。他满脸的笑，一看便是掩饰不住内心的欢喜，却是朝着门外另一个姑娘走去，展开双臂，然后把那姑娘拥入怀里。

他根本就没有看到学姐。

其实男人才是最不会掩饰的动物，他爱不爱一个女人全在他的表现和行动里。可惜，有太多被爱蒙蔽了双眼的姑娘，在对方已经变心之后，还是对过往的种种温情瞬间念念不忘。就像我的学姐，即便已经看到最残酷的一面，也是转身回到校园，一边蒙骗自己沉湎于过去里，一面流着泪继续拨打着那个极少能拨通的电话。

泪流不干，但是幸好人总有长大的时候。颓废了将近半年的学姐不知道因为什么突然醒悟了，她开始收心，全力奋战考研。

研究生毕业后的学姐去了她喜欢的城市，进了一家房地产开发公司，短短三年就凭借精湛的设计思路和开发理念升任为公司副总。

学姐再也没有主动提起过学长，可是在学姐婚礼的时候，学长来了。提到学姐的婚礼，不得不说一下学姐的老公，也是那个城市里的青年才俊，工作有能力，性情很温和。婚礼在双方父母的操持下，办得非常隆重。

那天，学长在学姐的婚礼上喝得酩酊大醉。我不知道他的心里是否有过后悔，我只知道，对待辜负你的男人，女孩能够做得最成功的一件事，便是优秀到让他从此之后爱上的每一个女孩都比不过你。

不知道昨晚那个姑娘是否已经回到温暖的家里，希望姑娘以后不要再难为自己，因为辜负你的人永远不会心疼你，能被你的伤心难过刺痛的都是你至亲至近的人，比如：你的父母。

讲真，我还挺羡慕别人嘴里的我自己

很多时候，有些人有些事，常常从别人嘴里能听到 N 多个版本，而对比真实情况，这些传说常常让人啼笑皆非。

这天，打开微信恰好看到一个文友姐姐在群里说："那有什么呀！我们老家还有人传说我是'黑社会'呢！说我每天都开着豪车上下班，还说我每天上班都有人跟着专门给我端茶倒水。"

我往上翻了翻聊天记录，原来她是在开解另外一个遇到流言困扰的朋友。

我接话说："哇，好牛啊！好羡慕你呀！"

文友姐姐说："去！你又不是不知道我，我每天自己骑个破自行车上下班，我连驾驶证都没有呢。"

原来，这传言的起因是有一年她回老家，看到邻居婆婆种了一地的青菜，赶上当时菜贱，没有菜贩来收，卖不出去，只能眼看着青菜烂在地里。

文友姐姐当年进城打工之前就在村里种菜卖菜，看着邻居婆婆愁眉不展的样子，她顿时心软，当下联系了市里一个文化传媒公司的朋友，请他帮忙在网上做了宣传，一下子就把一地的青菜都给卖了出去。

这下好了，村里人看她"本事"这么大，各路传言如雨后春笋遍地都是。有人说她是"黑社会"，每天晚上都在外面陪人喝酒，喝得醉醺醺了才回家，而且每天进进出出都有豪车接送，只有在回村里的时候为了遮掩一下才改坐公交车。

文友姐姐笑说："有豪车还坐公交还乡？那我岂不是现代版的锦衣夜行？"

文友姐姐当年在农村种菜卖菜，辛苦一年也挣不了几个钱。二十几岁时她一狠心跑进城里打工，一门心思想要改变自己的生活。二十多年来，她凭借自己不懈的努力和学习，从一个送报纸的姑娘成了某市旅游局的宣传骨干，写了许多文章发表在报纸杂志上。后来，她被一家私企高薪挖去从事宣传工作。

越是生活不如意的人就越喜欢想象别人的生活。他们不知道你是怎样奋斗的，只看到你生活得好了点，就会想当然地认为是你通过不正当渠道获取的。就像这个文友姐姐的村里人曾说："她一个农村卖菜的女人凭啥找到那么好的工作，还不是在市里傍了厉害的男人。"

说到这儿，文友姐姐还不忘调侃自己："听听他们说的，我还真以为自己是个貌美如花的万人迷！"

还有一个85后的妹妹，在一家私企工作，小姑娘聪明能干，工作也任劳任怨，没几年就从普通职员升任了行政经理。她自己说，她是比较幸运，遇到一个赏识她的老板。

可是关于她的传说也是很多：在公司同事眼里，她是一个有后台的女人，有传她的后台是一个很大的官员；而在邻居的眼里，她是傍上了老板。

从大学毕业到现在的六年里，她埋头工作，沉浸在点滴成长的喜悦里。别人却始终不看她为工作所付出的努力，一味地用自己想象中的故事来歪曲她获得的成绩。

所幸，她也不是容易被别人的流言控制情绪的人，甚至有一次她还跟她的老板开玩笑说："幸好您是个女的，不然的话连我自己都要信了那些传说。"

对于流言的制造者，有人说他们是出于羡慕嫉妒，有人说他们是闲得无聊。其实，我们真的没必要知道制造流言的人当时是出于什么样的心态和目的而编造了这些故事。

我刚跟涛哥那会儿，涛哥这个人的传说有好几个版本。

流传比较多的有两个版本，一个版本是说我嫁了一个有钱老头；另一个版本是两个"黑社会"争抢我，其中一个打跑了另外一个娶了我。

有意思的是，不管哪一个版本里面的涛哥都是又老又丑又有钱，住豪宅开豪车，出入有司机、跟班一大堆，而我是一个只需要在家里当阔太太，却又因为太闲而跑出来上班的矫情女子。

可是，熟悉我们的人都知道，涛哥是个比我大两岁的普通创业者，我们有房贷，也有车贷，像这个城市里的大多数夫妻一样过着精打细算的小日子。有一次听朋友说起外面传说中的涛哥，我跟涛哥打趣："嗯嗯，长得太着急，老，符合；丑，也符合；有钱——口袋里每天都没空着，这也符合。那么问题来了，你那些司机啊、跟班啊啥时候让我见识见识？"

有人说，你们的心可真大，被人说得这么不堪，还能拿自己开玩笑。

可是不开玩笑又如何？如果我们纠缠在别人的流言里，又怎么能腾出时间去为了梦想奋斗；假如我们与每一个制造流言的人对撕，又怎么能腾出手去拥抱当下的生活？

其实，对于我们来说，这也是一种修炼，它磨砺的是我们这颗心，它让我们的心不断扩容，在面对这些谈资的时候学会付之一笑，让自己更加从容坚定地走好人生路。

每个烧过日记本的姑娘都是有故事的人

她说:"我的爱情如昙花一现,可是我的心却没有随着他离开而停止爱恋。我扔掉了他的礼物,撕掉了他的照片,烧毁了这几个月来关于他的日记,藏起一切有关他的记忆,可是我依然痛不欲生。"

我说:"你做得不够狠啊,想当初我失恋,可是把从小到大的二十三本日记都付之一炬了。"

她抬起泪眼婆娑的脸:"那样管用?"

我点头:"管用!因为在今后的日子里你想起他的时候就会想起那些被烧掉的日记,后悔大过痛苦。"

她破涕为笑:"姐你真讨厌!"

我从三年级的时候开始写日记,够早吧?其实,那时候我的日记就是一篇篇流水账。

某月某日,阴:今天作业很多,写到九点多,很困。

某月某日，晴：今天作业不多，一会儿就写完了。

某月某日，晴：今天妈妈给我五毛钱，我去买好吃的啦，我吃了一包巧克力的干脆面，特别好吃。

某月某日，阴：今天妈妈给我和弟弟每人买了一支雪糕，弟弟的吃完了，我让他舔一口我的雪糕，结果他一大口都给我吃了，我就哭了。

…………

这样的流水账从三年级一直写到了二十几岁，而我自己竟然从没有觉得乏味。

其实，现在我写的依然多是这种形式的流水账，原谅我，始终是个没有创意的女同学。但是这并不妨碍我喜欢写，我天天写，从小学的吃饭喝水写作业到初中时学到的唐诗宋词，还有《知音》《读者》和上课时偷偷摸摸看琼瑶、岑凯伦言情小说里的美好句子；到了中专时情窦初开，日记里写满了校园大柳树下那个弹吉他的男孩。

工作了，日记内容也慢慢丰富，学生，课堂，家长，活动，相亲……

再后来，失恋了。

装得若无其事，却在某个周日的上午，妈妈让我出去转转、别老憋在家里时，我爆发了。我不知为何突然怒火冲天，转了一圈儿没找到出气的地方，搬出那一箱日记来到后院一把火烧了个干净。

如果说我在点燃的那一刻我就已经后悔了，你们是不是觉得我很"逊"？但当时我像是和谁较劲一般，一本本撕扯着日记丢进火堆里。

从此之后的岁月里，我常常为此惋惜，那些年少时纯粹的记忆再也不能重现，日记本上歪歪扭扭的字迹和那些最动人的趣事再也拿不出来咂摸玩味。

再后来，我早已经忘记了初恋长什么样子，却在每一次想起我的二十三本日记时都难过万分。

那些在当时看似烧掉了与他有关的日记，却连带着烧掉了自己的少年趣事和青涩记忆。

事实上，所有烧掉日记的女同学都在往后的日子里长久地后悔着。

当然，也有例外，有人在烧掉日记后反而庆幸当初的果断。

有一个女同学名叫笑笑，她的日记里记满了初恋时那些让人看了、听了就脸红心跳的情话。结婚前，笑笑告诉我，她把那些日记本销毁了。我以过来人的身份提醒她——你会后悔的。

笑笑说，她的爱人什么都好，只是有一点小心眼，太爱吃醋。

如今，结婚已十年的笑笑儿子都已经老大了，前段时间爱人陪她参加同学聚会，听到同学们打趣她和初恋的事情，回到家后还醋意大发，闹了好长时间的小别扭。

听她说起这些的时候，我竟然有些羡慕。涛哥看到婚前别人写给我的情书，竟然说："长这么难看还能收到情书太不容易了，你可得收藏好。"

笑笑说："如果一本日记的销毁能换来以后长久的安稳日子，那烧得也算值得。"

可是，像笑笑这样理智的女同学毕竟少数。我问过许多写过日记并且销毁过日记的女同学，几乎九成以上是在失恋后难过时丧失理智的情况下干的。

黛玉难过时葬花，清照难过时饮酒，而我们，难过时烧日记本。

一个是溪水涓流花瓣水中漂，一个是醉眼蒙眬玉指纤纤握酒杯；而我们，火光冲天、灰烬四飞，相比之下，古人多浪漫！

倩姐是个典型的山东女汉子，高大、开朗，烧日记本时的场面也是豪情万丈：手拿一瓶白酒（酒名就不说了，免得你们说我在给酒商做广告），喝一口，倒一口，浇在火上。美其名曰：祭奠逝去的初恋和在心中已经死去的前男友。

喝着喝着多了，往火堆上倒得多了点，一下被冲起的火光燎去了半条眉毛。

瞬间酒醒的倩姐在后来眉毛没有长出来的日子里除了惋惜日记，更惋惜着自己的半条眉毛。

还记得 2004 年，网上曾曝出过一条新闻：位于北京海淀区的某大学校园附近出现了大量小广告——"高价征寻女大学生日记，结集成册。日记一旦被采用，稿费从优……"

看到这儿，不知道那些烧掉日记的女同学们是不是和花姐一样捂心长叹错失发财机会啊！所以啊，亲爱的女同学们，即使在你们"爱得痛了，痛得哭了，哭得累了"的时候也千万不要烧掉日记，因为说不定哪一天，你的日记本就能换成红钞票的呀！

那些暗恋成就了你生命中最美好的时光

"你们不知道,当初我从一入校就惦记她,惦记了十几年,我都没勇气去她跟前儿说句话。"

同学聚会,酒过三巡,阿鹏借着醉意指着班花小月说出了这句话。一瞬间,低下头不语的有几个男生。我知道,当年他们也是小月的暗恋者,只是现在仍然没有勇气说出来而已。再看班花,面带羞色,班花身边的正牌男友大松面带微笑、不喜不怒地看着大家说酒话。

当年,小月不仅是我们班里最美的姑娘,还是全校公认的大美女。家庭条件优越的她每天骑着一辆当时最为时尚的二六公主车、耳朵里塞着 MP3 的耳机,长发披肩、裙袂飘飘地从校园里驶过,成为校园里一道靓丽的风景线,也成为那些十六七岁毛头小子心里放不下的思念。

十五年之后,同学聚会,已经事业小有成就的阿鹏借着醉意一吐心声。"那时候我骑着一辆破自行车,连后车架都没有。你们老说爱就勇敢追,我那时候就想,就算追上了我都没辆自行车带着她!"大家哄堂大笑,这顿饭中,后来老有人拿那辆破自行车说事儿逗趣。而阿鹏自己也一直嘟嘟囔囔:"都是那辆破自行车误了我的终身大事儿!"

十五年后的我们都已经成家立业,阿鹏也早已不是当年的穷小子,如今的他自己有公司,还是另外一个公司的股东,汽车早也换了几台,聚会时的酒话自然也只是对青葱岁月的一番感叹。

可是不得不承认,有些暗恋总能够成就一些努力的人。

明星刘若英当年是陈升的一个小助理,灰姑娘爱上王子后心里便生出无限向上的勇气,她唱歌,她拍电影,她拍电视剧。

生活从不会亏待努力拼搏的人,随着她马不停蹄地奔波,她的身价亦是一路飞涨。虽然最终她嫁给了别人,可为了能与陈升般配而付出的努力是她这一生最有价值的成就。

说到这里,想起另外一个朋友小美,当年小美中专毕业后到北京打工,在一家出版社下属的印刷厂做打字员。豆蔻年华,少女含春,单位里一个帅气小伙撞进了少女的芳心。

小伙子是北京本地人,高大帅气,来自农村的打工妹小美自然没入了小伙儿的"法眼"。那时小美常常不顾高昂的长途话费打电话给我絮絮叨叨:如何凝望,如何回眸,如何捻花起相思……

几番辗转反侧，几次欲言又止，小美终是没敢表白。

常说相思误人，暗恋误事。可让人出乎意料的是，小美在暗恋北京帅哥不得的时候，没有一味沉迷，她偷偷报了两个学习班，工作之余努力学习德语和企业管理课程。

三年努力学习之后，小美被企业管理培训班的一个同学聘到家族企业做副经理。或许也有几多坎坷和挫折，可是再传回同学们这边的消息是小美的职业经理人之路一帆风顺，年薪也是随之水涨船高。在我们大多数同学还是骑着自行车、电动车的时候，小美已经开着自己的小轿车回家省亲了。

不知该说是小美薪水的增长提升了她的生活品位，还是她能力的提升使得她的薪水增加，总之，这问题就像先有鸡还是先有蛋一样难解。现在的小美不管是穿衣打扮还是谈吐都与之前的自己有着天壤之别。

小美终于活成了自己认为与男孩相般配的样子，可是在我们眼里，男孩早已经差了她太远。她鼓起勇气跑去向暗恋多年的北京男孩告白了。然而很遗憾，男孩吞吞吐吐地拒绝了她："……你这、这么优秀的姑娘，还是大公司老总，我想都没敢想……"

男孩的拒绝让小美难过了许久，她在深夜里抱着电话一遍遍地跟我念叨："如果我在做打字员的时候和他表白你说能成吗？"这样的问题我无法回答,而小美也不需要我的回答。古话说,男追女隔千山,女追男隔层纱,可小美的追爱之路是翻越了千山万水却没追到自己的男神。

都说爱笑的姑娘运气不会差,可是努力的姑娘更是好运连连。被北京帅哥拒绝不久,小美的同学,也就是她所在公司的法定继承人向她求婚了!参加了小美婚礼的同学们一致认为,小美的老公比那个北京帅哥与小美更般配。

同学聚会后,痴情的阿鹏醉了好几天,他一直对那辆破自行车耿耿于怀。其实我们知道,他的心里,该是对自己当年没勇气错失良缘而懊悔。可是我们更想知道,如果丢弃了当初努力想站在女神身边的念头,他是否会像会现在一样,一路无畏,冲破所有艰难奋力打拼成就如今的自己?

那些靠美貌换取优越生活的人现在怎么样了？

有个朋友让我写篇文章，他说，他有一个邻家小妹抱着非有钱人不嫁的念头蹉跎了几年时光，现在二十八岁的她仍旧抱着这个念头在挑挑选选。

其实在我看来，二十八岁的年纪并不尴尬，尴尬的是她揽镜自怜感叹自己花样美人没有如愿嫁入豪门过上富足的生活的想法，浪费了青春年少可以奋斗的大好时光。

不可否认，这个世界上有一部分含着金汤匙出生的幸运儿，他们的父辈或者更上一辈早在他们尚未出世的时候就已经为他们铺设好了一条布满鲜花和掌声的道路。可是这世界上总是有更多同我们一样的普通人，我们的父母和他们的上一辈也是普通百姓。正因如此，我们一边羡慕那些幸运儿，一边想通过自己的努力往"高处"攀登，不愿成为万千人海中的省略号。

可是，有许多人功利心过于急切，想要一步登天实现物质财富的飞跃，便出现了不少男生女生通过用自身的帅气、美貌来交换想要的富贵生活。当然，在摒弃了门当户对旧传统的新时代，嫁给或娶个豪门望族也有许多成功的例子，只是，灰姑娘遇到王子、牛郎遇到织女的概率总归少之又少。

表姐有个闺蜜叫小苗，是她初中同学，两人都是我们那里土生土长的农村孩子，却都生得白白净净，长相也出奇的相像，忽闪忽闪的大眼睛，尖尖的下巴，连笑起来的两个酒窝位置都一样。正因如此，两人总是形影不离，好得像对亲姐妹。只是，两人的父母对她们的教育理念却大相径庭。姑姑、姑父都是农民，一辈子过着面朝黄土背朝天的生活，他们一直教育表姐要好好上学，考上大学就不必像父辈一样辛苦地在土里刨食；而小苗却开口便是"我娘说了，学得好不如嫁得好，我们村谁谁谁嫁了个好婆家，一结婚人家就在城里给丈母娘买了房"。不同的教育理念下，表姐非常珍惜读书的机会，成绩总是名列前茅，考上了县里的重点高中，后来又考入了青岛某大学。而小苗的成绩虽然也不错，却在初中毕业后便辍学回家准备嫁个好人家了。

表姐大学毕业后因为成绩优异留校任教，在同事们的介绍下，她和在某合资公司任电力工程师的表姐夫相识结婚。小苗辍学后便在县城的小饭馆打工，小苗妈妈更是扬言要给女儿找个富二代做金龟婿。后来小苗果然嫁到了城里，公婆在城郊开了个小型加工厂，在县城里有房有车，也算是小苗眼里的富裕人家了，只是唯一的儿子却游手好闲不肯好好工作。小苗跟男孩儿相处没多久，便在他挥金如土的气势下乱了阵脚，没多久就以身相许，如愿嫁了过去。

而表姐和表姐夫两人刚结婚时日子过得格外清贫，那时房价尚低，他们在青岛郊区付首付买了一套小小的二手房。结婚后，夫妻两人互相鼓励不忘学习，姐姐不仅在自己学校非常受欢迎，还经常被别的学校请去讲课；而姐夫在单位公派出国学习归来后薪水也是一路飞涨。没几年，小旧房换成了市里的新房子，因为姐夫单位里提供车辆，两人就把买车的钱省下来又付了第二套房的首付，没想到赶上楼市大涨，没两年房价便翻了番。他们把第二套房倒手一卖净赚几十万，表姐这才舍得给自己买了一辆汽车。

说到这里我必须解释一下，几个月前我的一篇文章里有人评论说："你太功利了，你觉得只有买房买车挣多少钱才算成功吗？"当然不！我并不认为人生的成功只有买房买车这一目标，可是，我们却不得不承认，大多数人还是需要通过拥有一套房子才能实现身心落户在这个城市的安定感。车子大大提高了我们出门的便捷性，而我们获取的物质财富相应地提升了我们的生活质量。我们初衷不就是想通过奋斗让自己和家人获得更优越的生活条件吗?

前年过年,表姐和表姐夫带着孩子回家,遇到多年未见的小苗。一别十年,表姐和小苗激动相拥。表姐虽然比少女时胖了些,却美丽依旧,十年岁月仿佛只给她添了几分成熟和知性。而小苗的丈夫沉迷于跟一群狐朋狗友们打牌、喝酒、唱歌,更气人的是还在外面有了家外家,生了孩子。公婆年迈后把工厂交给儿子打理,没两年便给赔了个干净,还欠了一屁股擦不干净的外债。这一来,养家糊口的重担全落在小苗一人身上,她还要时时应付那些找上门来的债主。为了生计,小苗每天早晨在县城繁华路口摆摊卖早点,风吹日晒下,当年细皮嫩肉的美少女成了如今肤色黝黑粗糙的街头大妈。

有人说你们女人就是目光短浅,所以才造就了许多类似小苗这样的故事。男人就高远多少吗?我看也不尽然!

一个开公司的朋友给我讲过,他的合伙人只有一个独生女儿敏敏,虽然长得不漂亮,可是家里有钱,给她招了个上门女婿小马。小马生得浓眉大眼、英俊帅气,虽然学历不太高,但是人却挺机灵,见女孩家里有钱,便使出浑身解数哄得敏敏乐个不停。

两人一结婚,丈母娘便给小马配了一辆新款宝马,房子更是买了好几套。小马虽然机灵，却在做生意方面一窍不通，敏敏家给他做了几次投资，都以失败告终，最后不得已到丈母娘的公司上班。后又因为贪污公司公款、散漫怠工惹得丈母娘多次大发雷霆。结婚十几年，两人生了两个女儿，可却因为生活习惯、家庭纠纷，打打闹闹、分分合合了几百回。前年两人离婚，学法律出身的丈母娘早有防备，家里的大大小小财产都还在丈母娘名下，千万身家与小马无关，最终他只得了一个净身出户的下场。

这下小马傻了眼，他当初以为自己抱了个富家女，就能一辈子逍遥自在，即便是离婚那也能分得足够自己下半辈子衣食无忧的钱财。于是他四处抱怨自己给她家当牛做马十几年，最后却被一脚踢开。

他岳母的合伙人，也就是我的朋友说："这伙计最初就目的不纯，虽然他岳母办得够狠，却也是他该着如此。"

每个时代有每个时代的特色，不管哪个时代，在选择婚姻的时候都有向利而趋的人。小苗遇人便感叹自己没有嫁好，可是，她却没想过，当她选择凭借美貌去获取想要的富裕生活时，就应该想到会有色衰年老的那一天。婚姻和生活中从来没有一劳永逸的事，不会有装满幸福的金饭碗从天而降落。为婚姻和生活所付出的努力都是你一步步走向幸福的过程，倘若你放弃自身的成长就注定有一天要接受生活的暴风雨。

小马到处抱怨自己浪费了十几年大好年华在一个丑女人身上却一无所获，可他却忘记了，婚姻从来不应该是一个人获取财富的途径。当你和一个人步入婚姻却不是为了爱情，那你即便获得自己想要的财物！也会被打上出卖自己的烙印，受众人唾弃。

你若美丽或帅气，请感恩。这是上苍赐予你的礼物！也请牢记，你的美丽、帅气只能用来愉悦自己和真心的爱人，若想以此交换什么，你便失去它，遂也失去了交换的资本。

你考验她,就别怪她跟你翻脸

不知道从什么时候起,恋爱中有了考验了这个词。那些投身爱情海洋中的男男女女们纷纷抛出了考验的网,结果,大多数的爱情没有冲破考验的网。人们一边叹息一边又暗自庆幸,却不知道,这考验本身就是一种错误,只有不够爱你的人,才会对你有诸多所谓的考验。若是真的爱着,只怕给对方的不够好,哪里还顾得上设置那些所谓的考验呢?

"小姨,你说,我还能追回她吗?"

小瑞是一个朋友的儿子,他母亲是一个很优秀的女强人,他从小独自跟着母亲长大。四年前,小瑞考取了东北的一所大学,送别他的升学宴我们都去了。席间,女强人姐姐嘱咐儿子:在大学里不是不可以谈恋爱,但是不要傻乎乎的,要看清楚那个姑娘是爱你的人,还是爱你的钱。

是的,女强人姐姐算是有钱人,房子有几套,车子有几部,还有自己的公司。在她眼里,她的小帅哥儿子,简直就是骗子们的最佳猎物。

尤其是在感情方面，女强人姐姐不断地嘱咐儿子，要找一个勤劳朴实、愿意为他付出、经得起考验的姑娘。自幼只跟着母亲长大的小瑞自然是对妈妈的话言听计从，席间几个朋友也随声附和着，全然没想过这样有什么不对劲。

象牙塔里的爱情很纯净，像东北的雪。看着身边的同学们纷纷牵手恋爱，小瑞也按捺不住少年的心，在大二那年和一个叫小雪的女同学恋爱了，小雪也是山东的，一个单纯可爱的姑娘。她从没问过小瑞的家境，只是单纯地喜欢着这个大男孩儿。

而小瑞却在母亲的一再叮嘱下对小雪撒了谎。

小瑞告诉小雪他是单亲妈妈独自带大的，这不假，可他把自己的家说得一贫如洗，妈妈打工有多艰难。小雪是个普通家庭的孩子，所以从没有计较过小瑞家是富有还是贫穷，反而在听了小瑞编造的故事后对他产生了深深的同情。她几乎从没让小瑞为她花过什么钱，反而经常用自己勤工俭学的钱给小瑞添置衣物。

大三下学期，小瑞被一辆车意外撞伤，肇事司机逃了。小瑞躺在病床上两个多月不能下床活动，小雪跑前跑后地照顾他，而小瑞这时候突然想起妈妈的话，这不正是考验爱情的好时机吗？他告诉小雪母亲在家病重，自己不能给母亲打电话让她担心。

小雪信以为真，更为小瑞的孝心所感动，她把自己课余时间做家教、做服务员挣来的辛苦钱全给小瑞用来交医药费。为了给小瑞补充营养，小雪徘徊许久，最终走向医院的采血处。是的，这个善良的姑娘用卖血的钱给小瑞换来了增加营养的费用。

小瑞并不知道小雪去卖血的事，他沉浸在姑娘对他的好里不能自拔，他也想过告诉小雪实情，可是他又想，终有带小雪回家的那天，到那时再给小雪一个惊喜，只是他没想到真相却提前被揭开了。

小瑞妈妈去东北出差，恰好在小瑞上学的城市，办理业务的同时也去看望了儿子。几天里带着小瑞出去吃了几顿饭，于是这几天小瑞便没有时间和小雪见面。这天，小瑞妈妈送小瑞回到学校门口，小瑞正搂着妈妈依依不舍的时候，小雪和同学们出现在身边，简直就是电视剧里的狗血剧情。

小雪没有像电视里演的那样转身就跑，而是痛快地上前给了小瑞一记耳光，鄙视地骂道："我从没想过，你竟然会成为傍富婆的人！"

小瑞妈妈连忙上前拉住小雪说："孩子别急，我是小瑞的妈妈啊！"

小雪愣了几秒，眼泪冲出眼眶，转身朝小瑞继续打去："你这个骗子！你不是说你妈妈病重吗？你不是说你们日子过得很艰难吗？就是开着豪华奔驰这么艰难吗？你住院我为你卖血的时候你怎么没有这么个有钱的妈妈？"

小瑞这时候才知道小雪为他卖血的事。可是事情到这一步已经太难收场,小雪怒气冲冲地跑走了,再也不肯理小瑞。小瑞花尽了心思,别说求得原谅,连见到小雪一面都难。小雪写了一封长长的信给他:……我在寒冷的日子用布满冻疮的手在食堂里洗盘子洗碗换回钱给你买衣服的时候,我的心里是温暖的;我在你的病床前跑前跑后的时候是幸福的,因为那时候你告诉我我是你的支柱;甚至卖血的那一刻我也是甜蜜的,因为我有为我喜欢的人付出我能拿得出的所有;我从不惧怕日子的艰难,但我痛恨你一边独享我的所有付出,一边眼睁睁地看我受苦……

小瑞这时候才明白自己所谓的考验有多自私,有多伤小雪的心。

小瑞懊恼地说,像小雪这样的好姑娘他再也找不到了,就是她脾气太倔强了,他想用下半辈子来回报她对他的好,她却不给他机会了。

我却想说:恋爱的时候你若用了考验对方的心,便已经不自觉地站在了爱情之外,既然你没有用真心爱她,又怎能怪她转身离开时的决绝。

你所谓的大度,只是无底线的纵容

有个女性朋友小茹,是传说中的富二代,她的朋友和闺蜜们自然也大多是有钱人。小茹性格好,所以常常是朋友们的知心大姐、倾诉对象。这一天,小茹给我讲述她闺蜜夏婷的故事,小茹气愤不已,一边心疼自己的姐妹,同时还带着满腔的恨铁不成钢。

夏婷的父亲年轻时创业,现在早已经身价过亿,对膝下的一儿一女自然是格外宠爱。自幼被当成小公主一样捧在手心里长大的夏婷没有遇到过任何挫折,心地单纯的她对这个世界自然也没有任何设防。

坦白地说,在很多年以前,花姐一直很羡慕这样的人。他们是这个世界的宠儿,他们从来不曾尝到世间任何疾苦,所有想要的东西都是顺理成章地得到,所有的梦想都会轻而易举地实现。夏婷也是这样。她一路读着最好的幼儿园、最好的小学、最好的中学,大学毕业之后回到家乡的城市,顺利地考上了公务员。

父母在市里的小区给她买了三百多平方米的大房子，出门开着惹人羡慕的小跑车。不用像同龄人一样去为房贷、车贷节衣缩食，工资之外还有父母给的上百万的零花钱。

不能说夏婷像是活在童话里的公主，因为她真的就是现实生活中的公主，直到她嫁给她的老公小黄。

夏婷的老公长得很帅，是那种让你一眼就会惊艳的帅；另外，他很会讲话。但是他比夏婷大七岁，且离过两次婚，两个前妻为他留下一儿一女。

虽然在当今社会里，离婚越来越常见，也被人们越来越包容，可是夏婷要嫁给一个离过两次婚并带着两个孩子的小黄还是让所有人都大跌眼镜。

小黄把单纯的夏婷哄得团团转，三个月后，夏婷带着小黄去见父母，直言不讳非他不嫁。即便我们所有的人都看出小黄的目的不纯，即便夏婷的爸妈苦苦哀求，夏婷还是被所谓的爱情冲昏了头脑，义无反顾地嫁给了小黄。

小黄自己有三套房，父母带着孩子住一套，两套出租，婚后的小黄搬进夏婷的大房子里，两人过起甜蜜的二人生活。

唯一不理想的是小黄的生意总也不顺。夏婷看着小黄愁眉不展，很是心焦，为了替夫婿解忧，夏婷接连几次从娘家借钱给小黄解决困境，当朋友们知道的时候，她已经给了小黄四百多万。

这期间，小黄第二任前妻过来借钱，夏婷为了展示自己的大度，没有反对，小黄大手一挥借给前妻十万块。可是夏婷的大度却带给她更多烦恼，小黄的前妻邀请小黄吃饭表示感谢，这饭一吃就到了下半夜。可是小黄回家后，夏婷却忍着满肚子的怒火，只轻描淡写地说了一句："她已经是你的前妻，要保持距离。"

夏婷怀孕了，辛苦怀胎十月产下一子。小儿子还未出满月，恰逢圣诞节，小黄给两个大的孩子各自买了礼物，不知道是遗忘了还是觉得襁褓里的小儿尚不懂事，总之不仅没买礼物，就连对孩儿他娘一句应有的客气话都没有。

月子里，夏婷暗自郁闷，却依然隐忍着没有说出来。她想着出了月子，就跟小黄做一次好好的沟通，可是，还没等她出月子的时候，小黄又出事儿了。

那天小黄跟他第二任前妻带着孩子出去玩，被前妻的现男友撞见了。一家三口其乐融融地坐在一起吃饭，你给我夹菜我给你夹菜，前妻的现男友冲上来一顿摔打，小黄吃了揍，也没敢太较真，毕竟不占理。

回到家没敢和夏婷说实话，可是小城毕竟太小，尤其像这种狗血新闻传得更快，还没等小黄的伤结疤，夏婷就已经知道了事情的原委。

这一次，夏婷终于爆发：我允许你陪孩子玩，可没允许你陪孩子她妈玩。

一通吵闹之后，小黄竟然扔下他们母子离家而去，夏婷哭得眼睛都肿了，大骂小黄没有良心，这次一定要和他理论个清楚。

可是当夏婷向母亲哭诉的时候，母亲却安慰说，哪个男人不花心，老了就收心了，嫁都嫁了，大度点吧。

六七天后，小黄回家，一番哄劝，夏婷又忘了自己哭的时候说过的话，轻而易举就放过了小黄。而小黄又趁着夏婷高兴的时候顺带哄走了几十万块钱，说这次生意赚的钱全存起来给小儿，自然，结果又是石沉大海，夏婷不仅没见到利润，本金也没了归期。

可是小黄与第二个前妻却是来往越来越频繁，看孩子，探望前公公婆婆，有时夜里晚了还住在前公婆家里，当然，这一切都是瞒着夏婷。

可是，这世上没有任何纸能包住火。得到消息的夏婷和小黄开始了一次又一次的吵闹，笨拙的夏婷只会发怒，却总是无法明确地将自己恼怒的事情变成要求。于是，争吵，小黄离家；归来，小黄顺便要钱，成了无休止的循环。

夏婷在哭诉的时候说："我一直觉得只要我做到宽容大度，就能回到我们当初的甜蜜生活……"

我听完之后心里的气就像刚打开瓶子的汽水咕嘟嘟往外冒——过于宽容并不等于大度，他一再践踏你的底线，你却一味纵容，哪能还有什么甜蜜生活？不继续增添狗血剧情就算你傻丫头有福气了。

有很多故事拿男明星出轨、妻子包容原谅的例子举证：身为人妻，要大度包容，方得圆满婚姻。可现实生活中，很多时候却并非如此……

我想起民国时期北大教授胡适和小脚女人江东秀的婚姻故事。胡适也曾婚内出轨，而且还不是外人，是江冬秀的姨家表妹。坚忍、孝顺公婆、大度的徽州女人江东秀突然变身母老虎，以弑子自杀要挟，在四合院怒骂胡适，几次"泼妇"般的大闹之后，竟然真的刹住了胡适那颗蠢蠢欲动的心。而后，她收拾表妹最终闹得其被退婚想要出家为尼，也让诸多后人俯首称快。若是当初江东秀一味忍让下来，不知道他们的婚姻故事还会不会入选如今被人传诵的民国七大奇事了。

有句话说，婚前要睁大双眼，婚后要睁一只眼闭一只眼。这是提醒人们婚前要认真选择，婚后要多多包容。婚姻里的包容，可以是对生活习惯、对兴趣爱好、对其他琐事的包容，涉及大是大非的底线问题时还是应该早早讲好、严格规定，让他清楚踩踏雷区之后可能导致的残酷结果，或许是更为明智的做法。否则，你的宽容大度只是无原则地纵容，你退他便进，直到你再也没有自己立足之处。

你要享受美国式的自由，
就别再逼父母给予中国式的牺牲

走在超市里，突然听到身边一个女人说了这样一句："听话，我们不买了好不好？这些省下的钱将来都是你的。"我很震惊，一回头看见是一个年轻的妈妈正在哄孩子。

说实话，我对育儿经验了解得太少，对孩子哭哭啼啼一定想要某种东西的情况，我也不是很懂应该怎么处理更为合适。可是我却非常不赞同从孩子很小的时候就不断地对他灌输父母的东西将来全部是他的这一说法。

有人曾说过，现在的孩子太过于自私。在我看来，你的孩子将来如何对待你，完全取决于你现在教育孩子的态度。这些孩子们的自私有相当一部分都来源于家长从小到大对于他们的无私。

中国有句古话，老母一百岁，常念八十儿。家长早已经习惯了为孩子的成长无私奉献，恨不得把自己全部的心血与爱都给了孩子，做他们的保护伞，为他们遮风挡雨，做他们的大树，在他们累了的时候，成为他们的依靠。可是，却不是每一个孩子在长大成人后都能够做到孝敬父母。

此前看到一个新闻，让人感慨万千。2016年11月5日下午，一位八十一岁的中国老人在美国亚特兰大机场停留三天，而她的女儿、孙女就在亚特兰大。

原来，老人独自一人将女儿、孙女养大并送出国留学，还为了孙女上大学卖掉了北京的旧居。但老人随女儿移民美国之后，却遭到美国女婿的嫌弃，女儿、孙女也很冷漠。心灰意冷的老人想回故土，孙女就给她买了11月6日的机票，并在11月3日就叫车把老人送到了机场……

八旬老人，为女儿付出全部，带着温情的憧憬投奔异国他乡的女儿，却在凄凉的现实中无奈回归。

而另一则新闻，天津某中学退休教师朱老师夫妇含辛茹苦地把独子送到美国读书，并且节衣缩食尽全力资助儿子在美国亚凯迪亚市买房、结婚、生子。媳妇在美国没有工作，儿子的工作不甚理想，想要创业又苦于没有资金。于是朱老师夫妇一咬牙，三百万元卖掉天津的房子给儿子做创业基金，两个人来到美国帮忙带孩子。

可是中外文化的差异以及两代人之间的代沟却让这个家里纷争不断、

一地鸡毛。儿媳既想享受中国式的长辈为她牺牲，又想享受美国式的自由和不负责，还处处刻薄老人。

为了息事宁人，朱老师夫妻两个人决定回国。可是，儿子却已经把全部的钱都压在了生意上，拿不出钱给两个人回国买房生活。

当两位老人和儿媳再次提到回国的时候，发生了争吵，儿媳说："当初我有机会嫁给某某某的，如果不是你儿子死缠烂打，我过得比现在好多了。"朱老师的怒火被点燃，愤怒之下失去理智的他抓起菜刀砍伤了儿媳，虽然及时报了警，可是儿媳终因失血过多，没有抢救过来，老人也在狱中凄凉自尽。

如果说前面那篇新闻看完之后让人心酸，那这篇新闻却已经让人无法用酸楚表达心情。

啃老族一词已经出现了太久，可是我们虽然意识到了问题的严重性，却是一边批判一边继续做着溺爱孩子的家长。

前段时间，有个朋友的孩子结婚，小两口给男方父母提出要求：县城里买套房，男孩换辆车，彩礼十二万。听这小两口的口气不知情的还以为这父母多能挣钱呢！可是，朋友夫妇俩就是普通农村人，家里三亩田，农闲去城里打工赚钱。

朋友夫妇借遍亲友也只够在县城买房的。儿子跟父母商量，把老家房子卖掉，老两口跟儿子一起去城里住，卖房的钱给媳妇交彩礼。可是儿媳却跳了起来："那怎么行？住在一起太不方便了，人家国外老人都住养老院的。"

朋友夫妇含泪来借钱，听完我真想把那小两口拉过来告诉他们："扯犊子去吧！人家国外的孩子还是自己挣钱买房买车呢！十八岁成年后管你饭是恩情，不管你你就得自己挣饭去。"

所幸以上都是个例，大部分为人子女者遵从传统文化，懂得父母之恩，水不能溺，火不能灭。

前几天一次聊天中，单位一位同事大姐说："孩子为父母做多少事都不值得炫耀，因为父母奉献得太多。"愿天下父母都能言传身教让孩子懂得感恩，懂得行孝要趁早。也愿天下父母过得幸福，老有所依，老有所养。

你在婚姻的船上独自划桨的背影令人心酸

小慧发过来一张照片，照片上两个娃娃笑得阳光灿烂。

"这两个可爱的娃娃是我主动的结果，他从来不主动碰我。"小慧说。

我震惊，拿不准小慧是不是在开玩笑。

"现在的他对我是满满的鄙视，而我对他怀着满满的仇恨。"小慧又说。

小慧的故事不长，从五年前讲起。

小慧大学本科毕业，回到家乡考入一所乡村小学，成为一名教师。在村里人们的眼中，大学毕业时的她已经成为大龄女青年。热心肠的村民纷纷给她找对象，小慧也不是不急，但她有自己的想法。她不想一辈子待在农村，她想嫁进城里去。

小黄就是这个时候认识的，在相亲的对象中，小黄是唯一一个大学本科毕业生，虽然不是城里人，可他在市里的一个私营企业打工。小慧心想，只要有学历、有技术，就能留在市里，而自己还年轻，只要努力，考进市里的学校去任教也不成问题，两个人就会顺理成章地成为城里人。

小慧被自己心里的想法鼓舞得热情激扬，可是小黄却对小慧不冷不热。对于小黄来说，他也处在一个高不成低不就的门槛上，他也是农村孩子，家就在小慧学校不远的村子里。他心心念念的城里姑娘看不上他，农村的姑娘他又看不上。小慧长得还行，可是她那股太实诚的劲儿，让小黄燃不起爱的激情。

小慧每天放学后，骑着自行车跑去未来公婆的地里帮着干活。小慧人长得可以，又有正式的工作，最主要的是，人实诚、听话，公婆对这个媳妇很是满意，于是便催着小黄结婚。小黄不肯，公婆大发雷霆教训了小黄一顿：要么你从城里领回个姑娘来，要么和小慧结婚。傻傻的小慧当时听了这话竟然还偷偷地开心。

小慧平时也没有什么别的爱好，看看书，偶尔写些风花雪月的小文章。当她得意扬扬地把自己写的文章拿给小黄看时，小黄却是兜头一盆冷水，对她冷嘲热讽。小慧也是个犟脾气，明知山有虎，偏向虎山行，再说，谁让她看上小黄了呢。小黄越是打击她，她却越觉得小黄有魅力。

恋爱谈了几个月，两个人乜没见几次面，就在双方父母的操办下结了婚。

婚后，小黄依然在市里打工，小慧跟着农村的公婆住在一起。日子过得波澜不惊，小慧每年都参加考试，却始终不能如愿。

小慧第一胎生了个女儿，为了满足婆婆抱孙子的心愿，第二年一咬牙，又生了个儿子。婆婆白天帮忙带着两个孩子，晚上等小慧回到家之后，也常常是连连怨声。可是每天繁忙的工作加上复习准备考试，回来还要再独自忙碌着两个孩子，小慧累到崩溃的时候却无处诉说。

而小黄却依然像单身贵族一样，在市里做着悠闲的工作，偶尔回到农村的家里，看看父母，逗逗孩子。有时小慧忍不住向他抱怨一个人带着两个孩子的劳累，想得到小黄的一丝安慰。小黄却轻描淡写地反问："我让你生了吗？"

一天，在下班的路上，小慧的自行车胎漏气，推到村口的修车铺，修自行车的老大爷说里胎外胎都要更换，一共三十五块钱。小慧心里不舍，几次跟大爷讨价还价，把大爷给惹毛了，怒道："你们夫妻两人一人挣四千多块钱，这点小钱还要跟我几番讨价还价，如果能让早就让你了！"

小慧才惊觉，婚后四年了，她独自一人扛着家庭开支的担子，无人分担。

即便如此，小慧在给我发语音的时候，还一直在检讨自己："你看，连修车的老大爷都烦我，我就是那种谁都讨厌的人。"

我替小慧心酸，一边安慰她，一边在心里想：傻姑娘，爱找原因爱自责是一种美德，可如果你不必用每月微薄的工资去维系母子三人的日常花销，又怎会小气到和修车大爷讨价还价？他要三十五元，你大气地甩四十元，看他不把你捧成一朵花？若你有足够的钱，雇保姆帮着看孩子，婆婆又怎会总是抱怨你？造成这一切的根本原因，是丈夫的缺位。

婚姻若是一条船，哪能只靠一个人用力？男女各执一桨方能稳定前进，若是一人闲坐看风景，纵使另外一个人使出全身力气勉强划动这条船，最终也会偏离航向。

小慧的痛苦在于一个想要，一个想跑。她苦苦挣扎，想要维系好这段婚姻，却被那个抱着无所谓态度的男人一次次惹毛。她冲动时的口不择言，又再次成为他厌恶她的最佳借口——微信里争吵了几句，他竟然把她拉黑了！

小慧问我："我该怎么办？我还爱他，他是我两个孩子的爸爸，这婚姻我一定要继续到老。"

我经历过感情的挫折，我知道，在面对感情的问题时，局外人的话即便是再深刻、再有道理，那也只是一句话，最多是一句可以写在书上的道理，而已。

我只能告诉小慧，放下焦虑，坐下陪他一起看一会儿风景，谈谈两个宝贝的可爱，然后指给他前面两个人美好的未来，再拉他陪你一起划动婚姻的这条大船吧。愿他可以早日看到你的好，愿你可以早日得到他的爱。

女人中年,哪能全是岁月静好

女人到中年,哪能全是岁月静好,没有鸡飞狗跳、一地鸡毛就已经该念阿弥陀佛了。

前天,两位姐姐邀我一起晚餐。其中一位在家族企业做总经理,从一落座,电话铃声便响个没完。趁接完一个电话的间歇,她非常不好意思地跟我们说:"实在抱歉,公司里的事儿,不得不接。"可是电话依然响个不断,我和另一位姐姐聊着天,听着她在电话里跟人聊着贷款、要钱。

挂断电话后,她郁闷地说,前几年她父亲借给一个朋友二百万元,可是现在那个朋友已经厂去人空,要账无门。现在她家工厂资金紧张,她只能到处找银行周转贷款。她自己曾借给一个朋友十万元,于是找朋友提还钱的事,没想到,借款已经几年的朋友,竟然开始躲着不见。她有点儿慌了,说:"要么你把本金还了,利息我不要了,或者只还我九万也行。"可是朋友竟然开始不接她电话了。

公司里的事情已经让她一脑门官司，就在这时，孩子老师发过来的一条微信让她更加焦急。老师在微信里说，娇娇已经连续三天中午迟到了，在高二学习这么紧张的时候，她这个态度对待学习怎么行？要不让她回家反省吧。

娇娇是这位姐姐的独生女儿，全家人寄予厚望的种子。

一顿饭，跟我们絮叨着，该怎么筹措措辞给老师回复这条信息。最重要的是，怎么才能保证按时让孩子中午吃上饭不迟到。她这顿饭都吃得心不在焉。

女人到了中年，所谓岁月静好、浅笑安然，那都是胡扯。即便你老公和你老爸坐拥上亿资产，那也难保你没有烦恼。

老公有钱的，令女人不安。老爸有钱的，该不会有如此烦恼了吧？可是，也常有让人咋舌之事出现。

我认识一个姐姐，她父亲开了几家大公司，资产几千万。她是独生女，丈夫帅气，孩子乖巧，夫妻两个人工作稳定。在我们眼里，她就是公主的化身，从小到大，想要什么就有什么，浑身上下闪耀着令人羡慕的光环。

可是有一次，那个姐姐却无限痛苦地告诉我们，她父亲在外面有私生子，她和母亲一直都知道，只是争吵打闹都没有办法解决问题，现在，母女两人愈发无力计较。随着年龄的增长，父亲对私生子的偏袒已经愈来愈明显，大有将家产分之一半的决心。痛苦之中的她，醉酒之后甚至哭着诉说。可是过后，人前的她依然面带微笑，应对从容。只是再看她甜美的微笑时，我总感觉带了一丝丝的沉重。

有钱的烦，没钱的更恼。

在医院检查排队时认识了一个大姐，夫妻两人本来都在同一家工厂打工。前几年房价低，夫妻两人咬牙在开发区供了一套房子，慢慢地房价也涨、工资也涨，两人连房子带存款约莫也得身价百万了。膝下只有一个女儿，学习也挺好，不让人费心。在我们农村出来打工的人里面，他们夫妻两人的生活算是不错了。

前年的时候，夫妻两人又商量着凑首付买了第二套房子。就在小日子蒸蒸日上的时候，所谓的钱咬荷包吧，男人开始迷上了赌钱。开始的时候小打小闹，只是和同事们玩两把。后来，他竟然跑到社会上和人赌钱。

十赌九坑，很不幸，他就中了别人的圈套，欠下六十万的赌债。

因为时常旷工，男人被公司开除，窝在家里一蹶不振。家里每天要债的不断，才交了首付的第二套房子卖了还债，不够。夫妻两人的积蓄全拿出来了，不够。男人想要把现在住的房子卖掉还债，妻子不肯，俩人天天吵架。

事情还没告一段落的时候，孩子又出事了。老师见孩子整天精神恍惚，给家长打电话，让带去医院做检查，最后被确诊为抑郁症。

有人说，毕竟这是个例。难道所有的中年女人都活得如此焦虑、困顿不安吗？

可是，没有深入到别人的生活，谁都无法知道谁的痛苦和烦恼，只有经历过的人，才配谈感受。

有一个朋友，不常见面，看她的微信里每次发的朋友圈都很"仙气"，琴棋书画茶，玫瑰水晶酒，格外有情调。一次聚会，朋友们说很羡慕她。一杯红酒下肚，她竟然泪流满面。"女神"一落泪，举座皆茫然，她边哭边说："我想要个宝宝。"

原来，"女神"久婚不孕，这是她心中难熬的痛。

我也即将人到中年，每次聚会时，姐姐们说完中年的烦恼，看看我，会说一句："不再说了，怕给你留下心理阴影。"

我懂她们是不想让我早早产生压力，可是，既然中年的烦恼，人人必然经过，提前做好心理准备，应对起来能够更加从容一点吧。真想能把所有烦恼的落叶拢起，点燃，在这婆娑世界里，照亮未来，温暖身边人。

身后的狼狗比前面的蛋糕让你奔跑得更有动力

两个90后小妹妹来我家里玩儿,说着说着,两个人就争论起来了。

小蕊年纪轻轻,已经是一个私企的高管,乐乐在附近一家商场做营业员。小蕊说:"你应该自己学点儿东西,哪怕学门技术也好,你总不能做一辈子营业员吧。"

乐乐一听:"我还能干什么呀!我学历这么低,再说了,我在这干也挺好的,工资稳定,工作环境也挺好。"

小蕊继续劝:"就算你做一辈子营业员,工资又能高到哪里去呢?"

乐乐轻描淡写地说:"够花就行了呗!我又不像你,有个有能耐的姑妈,给你安排一份好工作。"

小蕊不悦:"我的工作是我姑妈给我找的不错,可我也是从普通文员自己一点一点地干起来的,自己的工作成绩是被企业认可的。正因为工作是我姑妈帮我找的,我生怕给她丢人,所以我才拼了命地工作,每天当别人不愿意加班的时候,都是我自己主动加班到九点十点。你现在是自己一个人，工资够花，将来成家立业了，工资还能够花？再说了，你不学习，不努力，真打算当一辈子营业员啊？"

乐乐急了："你这是歧视营业员！工作不分贵贱，你怎么还是老一套！再说了，我就不想有一份好工作吗？我就不想挣高工资吗？我只是没有那个机会罢了。"

看着乐乐气急的样子，我笑了，因为我想起了自己年轻的样子。

那时我中专毕业，进入一家乡镇小学做代课教师，一年之后进入中学任教。而我的同学们少有留在家里的，他们大多数背井离乡奔赴了大城市打工。

在那个年代，去远方，是许多年轻人的梦想。

留在家里的一小部分同学，有的继承家里的生意，有的自己创业。毕业一年后，同学们再聚到一起的时候，挣钱的差距就非常明显了。外出打工的同学们每个月能挣到一千四五百元；自己做生意的同学们每个月大概能赚到四五千元，每个月挣上万元的也有几个。而我，一直是每月三百三十块钱代课费。

当同学们劝我要么出去打工，要么自己学着做生意的时候，我振振有词地说："你们这是歧视代课老师。"

后来我再也没有参加过同学聚会。可是六年以后，教育界开始大规模辞退临时代课教师，我突然失去了工作，才茫然发现，毕业六年的时间里除了给孩子们上课，我什么都没学到，以至于想找份新工作都是一个难题。

继续找教书的工作，没有教师资格证；找其他的工作，我又不懂。

我，还能干些什么？

家附近有几个小厂，附近的村民都在那些小厂里打工。我去的那家小厂是一家食用菌厂，我的工作是把收购来的啤酒瓶洗刷干净，然后由技术人员把菌种装进去，做成养蘑菇的培基。

洗一个瓶子酬劳是一分五。

可是，在洗之前，你要先找一个人和你搭伙，把一大编织袋脏瓶子抬到水池边，这一大袋大概是一百个瓶子，抬第一袋的时候我趔趔趄趄一路休息了三次。

再往后就没有人跟我搭伙了，因为和我搭伙太浪费时间。

我只好自己把一袋瓶子拆开，用盆子一盆一盆地端过去洗干净，再一盆一盆地端过去，摆好。

收来的废酒瓶里面经常会有些破了瓶口的，一个不注意就会把手割一条口子。割伤了，我就找个废布条把手缠一下接着洗——所有的人都是这么干的。

透过这些脏兮兮的酒瓶，一眼就可以看到未来的生活：在这些小厂里做女工的，基本都是嫁到附近的村里，生完孩子再出来到厂里工作的。

望着一池池的脏水和洗不完的瓶子，我萌生了退意。

洗了三天半酒瓶我辞工回家，一分钱的工资也没有拿到。

回到家，我跟爸爸说："我想去学开车，学完开车我去给人当司机也比洗酒瓶好。"

爸爸说："哪有女孩子当司机的，让人家笑话。"

爸爸不同意，他每天上班走后，我就对娘软磨硬泡。最后，还是娘偷偷拿了钱给我，让我去县城的驾校报了名。

练车的日子很辛苦，而且刚好是个大夏天，同学们经常就不去了，可是我却为了多练上一两次，天天耗在场地上，人被晒得黝黑。

几个月后，驾照拿到手，我没有当成司机。因为驾校里的一个同学看中了我的拼劲儿。他们几个人合伙开了一个小电子加工厂，合伙人们都没有时间去工厂打理，于是他们我聘去那个小电子加工厂工作。

从每个月工资三百三十元，变成了每个月工资九百元。别怪我见钱眼开，因为他们对我的那份认同，让我兴奋得每天都像打了鸡血似的。我开着小皮卡从宁津县去陵县（现山东省德州市陵城区）拉原材料，回到厂里把活分配下去，等工人们干完之后，验收好了，再开着小皮卡从宁津送去陵县。

时间已经过去了那么多年,每当在生活和工作中遇到挫折、受到委屈,我都会想起刷酒瓶的那三天半的日子,被酒瓶割伤手指的画面闪现在脑海的时候,仍然忍不住想要吸口气。与身边的朋友们相比,我现在的生活依然落他们很远,可是我依然开心,因为一想到自己曾经有可能从一个刷酒瓶的小姑娘变成一个刷酒瓶的小媳妇,我就暗自庆幸自己为如今的成长所付出过的努力。

后来认识一位老师,他说过一句话:"追求幸福远不如逃离痛苦更有动力。"我深表认同。当初做代课教师时的安逸让我放弃了努力,突然失去工作茫然无措的日子里我重拾信心,开始努力学习。其实我后来的拼命努力,不过是为了让自己的今天更优于昨天。

或许在这个世界上,有许多你付出努力想要却得不到的东西,比如因为出生的家庭不一样,有些人一生下来就是"富二代",有些人却和我一样是"穷八代"。起点的不同决定了我们成长的速度和可以达到的高度,可是,假如你每天都逼自己努力一点,总会让自己距离梦想中的生活更近一点吧?

小表妹研究生毕业去了北京工作。有一次和她微信聊天,谈到从租住的公寓到公司要花费一个半小时的车程，我说她很辛苦。她笑着说："这路程在北京根本就算少的，等攒够钱买了房子就好了。"

朋友开公司，每年进进出出几千万，可他依然兢兢业业，从研发新产品到销售渠道，他都一一过问，每天忙得像个陀螺。我说你不用这么辛苦了吧，他说："每天一想到欠银行的那些贷款、利息我就不敢松懈，我身上背负着全厂人老老少少的安稳生活呢。"

你看，我们身边每一个为生活打拼的人都有他（她）想逃离的痛苦，也有他（她）前进的动力。我们或许都经历过或者正在经历着成长的痛苦，可我们也坚信，这个世界上真的有人在过着我们想要的生活。所以，不管前路如何泥泞，让我们一起向着阳光升起的方向挥手，说一声："加油吧，伙计。"

人生总是很累，现在累，是为了将来不累

终于把孩子哄睡，累得腰酸腿疼，大脑神经却空前活跃，躺在床上翻来覆去久久不能入睡。好容易昏昏沉沉进入梦乡，听到一个声音，问我："你觉得谁不累，那你跟他换换生活可好？"

一个激灵，我醒了。

醒来之后起床看着窗外茫茫无尽夜空和几扇仍旧亮着灯的窗，想着梦里的话，若是真的可以，跟谁换呢？那些幸运儿的生活应该不累吧？

身边的同学里面公认的好命人是小美，她毕业那年和比她大一岁的小朱相识，恋爱一年后结婚，领证那天小朱开车带着她在市里转了一圈儿，停一处，指着路边一栋建筑告诉她，这里几号几号是咱家的房子，租给了谁谁谁。乖乖！一上午转下来，她才知道，她要嫁的这个人竟然有着七八处房产。当然，那时候房产都还在公婆名下。

三十几岁时的小美，坐拥七八套房产，生了一双漂亮乖巧的儿女，

凑了一个"好"字。在我们同学聚会时,大家每次提起,都纷纷感慨羡慕小美可谓凭运气轻轻松松便成了人生大赢家。可是,为什么每次同学聚会小美都好像不在呢?

那天去市里办事儿,偶遇小美,小美骑着一辆小摩托带着一大袋子的蔬菜,打招呼停下聊了几句,小美竟然一脸羡慕地对我说:"真羡慕你们当初好好上学的,如今都坐在办公室里轻轻松松地工作。"

十八九年前,房产市场还没被炒热,小美的公公婆婆就开始倒腾房子,几年下来拥有了现在的几处房产,而后二老便歇手,虽然有这么多处房子,却依然过着节俭的生活。小美婚后生了两个孩子,公婆乐开了花,更是抱着两个娇娃天天念叨,房子爷爷奶奶给你挣下了,教育费用和成家的钱就得你爸妈去挣了。

小美和老公都没有什么学历和技术,思考再三,寻一处闹市开了个快餐店,小朱掌勺,小美则是一人身兼服务员、收银员、采购员、勤杂工四职。从一大清早去菜市场买菜开始,要一直忙到晚上九点十点。有次我问她:"累吗?实在不行就歇歇。"小美咬着下唇说:"能不累吗?可是我不能歇啊,公婆年轻时赶上了好机遇,虽然我们两人啃老也能啃到有孙子,可是一想到将来孩子们万一也学我们啃老慵懒地度日,就吓得必须马上爬起来奋斗。"

普通人累，那些名人、老板们就不累了吧？在我们想象中，他们或经常出席各种活动，或威风凛凛地指挥手下各路兵马，风光无限。可是，想象中的风光总会败给现实中的琐碎。

水姐是个单位领导，手下带着两百多人。风光的时候，本市大大小小的活动都以能邀到她为荣，可她担的责任也更重大，因为她特殊的工作性质，手下人不小心出个纰漏，就有可能酿成重大事故。否则，她是首先被骂的那一个，还得郑重地写检讨向上级领导认错。所以每天晚上她都睡得很晚，复盘当天的工作，看看有无疏漏。常常我们半夜一觉醒来，看到她在朋友圈儿里给别人点赞，我知道，那是她完成工作后一天中最为轻松的时刻。

普通人累，名人累，那自己打拼起家的"富一代"该不累了吧？他们或是赶上了经济飞速发展的好机遇，或是做了"互联网风口飞起的猪"，已经囤积了大把大把的资本，可是一打听，却也是各有一腹酸楚。

朋友圈儿里的"富婆"艾姨，家境颇丰，皆是夫妻两人创业后一步步打拼挣到的，富到什么程度呢？就是本市开个好楼盘她都要去逛逛，逛着逛着就买下一套。手里房子越来越多，车子更不少，一家四口人，豪车有八辆，我之所以能认识好几种好车标，还是在看了她的车以后。

她却说："都要累死了！人的欲望都是无止境的，看着似乎挣了不少钱了,可是再看看身边人,比人家还差点,只好又去忙!投资、看项目、应酬……还不如你们上班活得单纯轻松呢。"

另一个朋友小罗,二十几岁大学刚毕业就自己创业,他做的项目恰好被某风投看中,创业伊始就获得两千多万的风险投资,被同期创业的人们羡慕不已。可他媳妇儿却说:"他工作到半夜两点是常态、把方案带回家做也是常态。好容易休息一天,一个电话过来,人马上不见影儿也是常态……"

这一圈搜罗下来不打紧,原来感觉累的人不只是我自己,而那些看似拥有轻松光鲜的生活的人们,因为背负着更多的责任和更大的理想,导致他们更累。

前些天的一个晚上我做了一个梦,梦里自己已老,手里却牵着一双年幼的儿女,步履蹒跚地走在路上;忽而又一个镜头切换,我在一个工地上干活儿,满头是汗,却无法用沾满泥巴的双手去擦,汗水一滴滴落在地上,啪嗒,啪嗒……这时身边一个声音说:"看,这就是那个年轻时不好好努力工作挣钱的人,老了还得在工地做泥瓦工。"我窘迫地从梦里醒来,听到窗外的雨滴滴答答,长舒一口气,还好,时间还在我三十几岁的年纪,还有时间来得及努力。

生活里,自身的欲望、处处存在的竞争、身上背负的责任导致每个人都曾有疲惫的时候。让我们感觉累的事情，或许都是我们将来不累的资本；我们所羡慕的那些朝酒暮歌、无限风光的人，也都曾从累的时候走过；那些一味追求享受的人，年轻时或许逍遥自在，而当他们老了的时候，那些让他们更累的事情就像埋伏在灯红酒绿下的定时炸弹跳了出来。

所谓情商高，不过是愿意为别人多考虑一点

我们家三楼邻居的媳妇小洁，二十几岁已经生了两个孩子。为了照顾孩子，婆婆公公都跟他们住在一起。按说这么一大家子挤在一起，天长日久，难免有勺子碰锅沿儿的时候。可是她一家人却过得非常和谐，结婚几年了，从来没有出现过婆媳纷争，也没听说小夫妻俩有争吵的时候。每当大家提起他们一家的时候，有人说是因为婆婆开明，但更多人是在说小洁情商高，会做媳妇儿。

如今，情商是个已经被用滥了的词语，有的人人缘好，人们说他情商高；有的人会讲话，人们也说他情商高；有人机灵一点儿、心眼儿多一点儿，也有人说他情商高。众说纷纭，情商到底长什么样子，却谁都没有见到过。

去年时，有一次我下班回家，下车时看到小洁婆婆和另外一个邻居在楼下储藏间哄孩子。天下着蒙蒙小雨，估计是孩子不肯在楼上玩儿，

所以他们跑到储藏间开着门看雨。打了个招呼，正要上楼，看到那时正怀着老二的小洁挺着大肚子急匆匆地跑下来，分别递给她婆婆和邻居一件长袖衬衣，说："穿上点衣服，别着凉。"小洁婆婆的脸上写满了幸福，邻居也受宠若惊地对小洁婆婆说："沾你光了。"

前几天，我抱着孩子下楼晒太阳，小洁正和另外两个邻居在那里陪着孩子玩耍。看着两个孩子在那里玩得起劲儿，我抱着孩子走过去，小洁拉我一下，轻声说："嫂子，我的孩子和她那个孩子都感冒了，你孩子小，稍微离远一点儿，别传染给了小家伙。"我抱着孩子稍微离远了一点，对她感激地点点头。

为人父母者，孩子的一声啼哭一声咳嗽都会牵动着父母的心，每个人都想要保护好自己的孩子，小洁的举动让人觉得格外贴心。

我还有另外一个邻居。她常年跟大家不大来往，偶尔带着孩子到别人家去串门时，要么她感冒了，要么就是她孩子感冒或者拉肚子了。每次硬着头皮接待完她的到访，都让人如鲠在喉。她经常和丈夫吵架，刚开始的时候还有邻居过去劝架，可是，有一次他们吵得太凶了，两人动起了手，她对门邻居去拉架，过后却招来她一肚子的埋怨，嗔怪邻居没有拉住她的丈夫，让她挨了揍。再后来我们就算听到他们两口子吵架，却鲜有邻居去劝架。还有一次她孩子划了一个邻居的车，她不仅没有好好跟车主道歉，反而一味袒护自己的孩子而跟邻居争论，导致双方大吵了起来。她姐姐也在我们小区住，替她辩白，说她情商低没脑子，让大家不要跟她计较。

我只能说"情商"不背这黑锅！那只是她从来没有站在别人的立场考虑过问题。

我老公家有一个小婶婶，比我大不了几岁。很多人都非常羡慕她，说她命好，羡慕她公婆、小姑都好相处，羡慕她的老公虽然是个成功的企业家，却每天应酬很少，按时回家陪伴家人，更没有什么风花雪月的绯闻。

小婶婶说话慢声细气的，脸上总是带着一丝和气的微笑。每次听她说话，我总忍不住想起《疯狂动物城》里面说话超慢的那个"闪电"。

听过她的一件趣事。她刚结婚时，有一次婆婆让她择韭菜。她婆婆是个又麻利又快性子的人，她一边择，婆婆一边催促，快点快点，择得太慢了。估计要是别的小媳妇儿早就恼毛了，可她却微微一笑，慢悠悠说："着——什——么——急——呀——"（这里请大家自行脑补"闪电"说话的镜头。）

我嫁过来那年，小婶婶结婚已经十五六年了，一直跟公公婆婆住在一起。上次见到她婆婆手上拎着包中草药。老太太乐呵呵地手一扬说："××嫂子不小心扭到手腕儿了，我媳妇儿听说了，今天大清早跑到她同事家要来了偏方,叫我给送药过去。"

每次和别人聊天时提到小婶婶,人们都对她赞不绝口,这跟她平常待人接物的和善和热心助人不无关系。

有人说,做自己,我不需要别人的称赞和好人缘。其实,真正地做自己是不必随世俗之波逐流,不必为别人的言语左右行为,但绝不能扛着做自己的大旗而表现出"世界我最大"的傲娇样儿,毕竟除了你爸妈之外的人不可能永远随你任性地折腾。

在我看来,那些人际关系处理得当的人,不管是被赞为情商高还是人缘好,都不过是善解人意的人。是他们在和别人来往的时候能做到推己及人、多为别人着想一些而已。

那一年，我也曾经是"北漂"

年少的时候，我们走过很多地方，有人是为了实现心中伟大的梦想，有人是为了聚敛人生的财富，有人是为了离开农村而扎根城里。可是当我们真正走过之后就会惊奇地发现，不管是走向哪里，梦想实现与否，那段为梦想漂泊的日子其实就是我们人生中最大的一笔财富。

曾经我们的老师说过这样一句话："你们是我种下的一季庄稼，到毕业的时候，成熟的、不成熟的都要一齐收割。"只是那时候的我们，还是只顾着风花雪月地挥霍着青春的少男少女，专业是计算机系的财会电算化，梦想着一出校门便一个个皆能成为大公司的会计师，哪里会想到进入社会后竞争的残酷。

毕业前的实习单位是亲戚给联系好的，矫情着洒一把眼泪与老师和同学们拥别，心里却早就乐开了花。我把自己想象成一个为理想冲锋上阵的战士，豪情万丈地奔赴梦想中的职场。

到了北京，我坐在前往公司的双层大巴上，看着沿途的风光和一幢幢高楼，心里暗下着决心：总有一天，这高楼里有属于我的一扇窗！

到了公司，心底一凉。那是位于中国人民大学西门附近的一家私营印刷厂，办公室环境已经够差了，到了宿舍一看，住宿环境更差！那是在两幢居民楼之间搭建起来的木板平房，中间用木板一隔为二，南面住了我们六个女生，北面住了六个男生。房间阴暗、潮湿，大白天就有虫子明目张胆地爬上床——而我是第一次见到这种名为蟑螂的动物。

三个月后，实习期即将结束，我被告知自己无缘留下。虽然对那个环境早已深恶痛绝，可是在得知自己即将离开北京的时候，或许是因为被拒绝的失落感，我心里感到很悲伤。我决定不回学校等待分配，而是自己在北京另寻出路。

和单位商量过后，公司领导很开恩地允许我暂时借住在宿舍，白天不必上班。第二天，我便开始了在首都寻找工作的日子。

我买了几份求职报纸，在密密麻麻的招聘栏里寻找着合适的机会，勾勾画画。几通电话之后，我便奔向大大小小的面试现场。

我选择的是应聘广告公司的财务会计岗位。因为对北京交通线路不熟悉，摸到第一家面试公司的时候已经是下午一点半钟，又热又渴的我在面试现场坐了不到三分钟便被告知面试结束,连电脑都没让我操作一下。虽然面试官客气地说让我回去等通知——但我知道,这次面试失败了。

找到第二家公司的时候,依然是相似的结果。无奈,我只好沮丧地回到宿舍。

第二天却连第一天的好运都没有,我打电话询问了几家公司,一听说我是应届毕业生,他们直接就把我回绝了。我开始有点儿饥不择食地寻找一些非本专业的工作——当时只有一个念头,一定要留在北京。

看到朝阳区有一家小区幼儿园在聘幼儿教师,我打电话过去,被告知下午即可面试。从西三环乘公交车跑到东三环,又向路人打听了无数次,我终于到达那所幼儿园。面试的时候,参加面试的人都展示了自己的才艺,比如钢琴,比如手风琴……她们弹奏的多是儿童歌曲。轮到我的时候,我说:"我会弹吉他。"面试的老师找了一把吉他来给我,我磕磕绊绊地弹奏完一曲《一生有你》,全场人都用一种很无语的眼神看着我。

自然,面试再次失败!

第三天,我在报纸上一个角落里看到亚运村招聘文员的广告,打电话过去,一个很热情的女生告诉我到朝阳某大厦去面试。这时候已有三名同学在北京找到了工作,休班的日子,其中一个同学自告奋勇地陪我去面试。我们两人顺利地找到电话中所说的某大厦,上了三楼之后,已经有十几个女孩等在过道里,离电梯口比较近的一个房间开着门,里面摆了四张桌子，每张桌子后面都坐了一个面试官，和面试的人交谈着。我到门口探了一眼，其中一个面试官喊了我一声，让我进去坐下，当时我并没有考虑为什么可以让我加塞儿。

我报了我的名字，拿出身份证和毕业证明给她看。她简单地问了几个问题，还故弄玄虚地打了个电话，说这里有个女孩子挺不错的，只是还没有拿到毕业证，问对方可不可以录取。她得到答复后，放下电话特别热情地恭喜我，说我被录取了。

幸福来得太快，我还没顾得上激动，她又接着说："交三百块钱押金，然后拿着这个地址和电话号码去亚运村报到。"就在这时，一个女孩子冲进来，把手里的东西砸向其中一个面试官，嘴里喊着："骗子，还我钱！"转瞬间其中两个面试官便和她扭打在一起，而等待面试的人中也站起来两个女孩帮着面试官打那个女孩。

遇到了骗子！我强装镇定，拿起身份证和毕业证明，打算趁着混乱悄悄地撤出去。而给我面试的那位面试官却一直盯着我，就在我准备向外走的时候，等在一边儿准备面试的另外两个女孩子也站起身向我走来，原来她们都是一伙儿的！我强装着镇静，赔着笑说："我的钱包在同学那里，我到楼下把钱拿上来。"其中一个"面试"的女孩自告奋勇地陪我下楼一起去取钱。

到了一楼大厅，同学迎上来问我面试情况怎么样，我边说"被录取了，咱们到对面银行取点钱交押金"边用身子挤着她往大厅外面走，而那个一起下来的女孩自始至终地跟在我身边。出了大厦门口，在同学根本没反应过来的时候，我啊地尖叫了一声，扯起同学的手腕开始狂奔，一直跑过一个红绿灯路口才敢回头。那个女孩好像也被我的尖叫声吓蒙了，根本没有追过来。

经过这一场惊吓，我彻底打了退堂鼓，不几日后，与另外两名同学一起回到了家乡。

现在分析起来，我当初在北京求职失败不外乎这么几点：一是没有做好自己的定位，当时只顾着想要留在北京，对于并不适合自己的工作也去面试，浪费了时间、精力与金钱不说，还增加了被拒绝的次数，这样的打击对于刚刚毕业的求职者尤为沉重；二是参加面试的时候没有做精心准备，特别是在第一天面试的时候，打完电话就直接奔过去面试——如果当时做一些准备，也许又会是另外一种情况。三是盲目参加面试，以至于遇到骗子公司，虽然没有金钱方面的损失，可是却让自己彻底失去了继续在北京求职的信念。

失之桑榆，收之东隅。虽然在北京参加了多次面试均以失败告终，但是从失败中得到的教训却让我在回来后更加踏实地通过学习充实自己。

十年来，通过不断地充电学习与磨砺，我拥有了自己喜欢的工作和爱好。尽管我的事业还不能算有所成就，但我在北京的那段求职经历，讲出来也只能为给各位提一个醒。

为理想而战的人生旅途才刚刚起步，今后的路能不能走好，还要看自己的努力！

为爱分担,是对自己的成就

隔壁县城住着一个文友大皎,认识她时,她是一个沉浸在恋爱甜蜜中的普通姑娘。大皎爱的男人是那个小城里的警察,她每天在QQ空间里堆积着幸福,那些我们看起来很平常的琐事,在她眼里仿佛闪烁着幸福的光芒。

一年后,大皎如愿地嫁给了那个警察,天天很享受地被我们喊作"那个晒幸福的警嫂"。警察和我们一样来自农村,家境比我们想象中更贫寒一些。"可是那有什么呢?他不仅是我的,还是我们这个城市的守护神。"沉浸在幸福里的她这样说。

那时候我们都在每天收到二十块三十块稿费的日子里自得其乐。突然有一天,大皎从网上销声匿迹,我们几个文友发消息给她,她回复:姐姐们,我正在努力研究准备千字千元的纪实大稿。依靠我们俩的工资买房遥遥无期,为了将来我们也要有个属于自己的家。他的工作太危险,我不想他再为家里的事情分神。

有一次，在夜半暴雨之后大皎在我们几个人的小群里发消息说：又停电了，我的守护神还在保卫全城人民。然后发了张用手机自拍的搞怪表情照片——这个曾经怕黑的姑娘不得不独自面对停电的暴雨之夜。

大皎怀孕六个月的时候，突然接到房东通知说要收回房子。而她的"守护神"正在外地集训，柔弱的她下班后骑着自行车到处寻找租房信息。三天后，她租到了新房子。

我想象不出她自己怎么在两个晚上把全部家当打包整齐，又是怎么挺着大肚子指挥着搬家公司驱车赶往新家。我只清楚地记得，那天大皎发了坐在搬家公司车上的自拍，问大家她像不像个将军；也记得她带着哭腔的留言：姐，我一定……一定要买套自己的房子！

这些都是在断断续续的信息中得知的，而我们不知道还有多少"大皎"独自承受了却没有说出的艰辛。我们能看到的，是这些年她的纪实大稿在《知音》《风流一代》《幸福》《深圳青年》等报刊上遍地开花。在孩子两周岁生日那天，大皎拿出积攒的十多万元稿费在老公心心念念的小区交上了首付，而她的"守护神"在那天抱着她哭得像个孩子。

在朋友圈里见惯了甜蜜的分享，大皎的经历却让我体会到，更深沉的爱是分担，就算是一段艰难的时光，有了为爱奋斗的目标和艰苦打拼之后的收获，往昔的一切也会在记忆里变得甜美无比。

《欢乐颂》里有个小包总，是好多女孩心心念念的好老公人选，可那毕竟是电视里的人物，更何况他们尚且年轻，只是在恋爱阶段。

许多人说，恋爱的一切甜蜜都不必晒，等你们结了婚有了娃，婚后有的是纷争怨怼，那些晒过的甜蜜统统都将成为打脸的证据。很不幸，我们许多人都曾被这咒语言中。可是，我们朋友圈里有位朋友，我们称他为船长，他用半生经历把那句咒语打翻在太平洋，成为现实生活里公认的好男人、好老公、好爸爸。

船长和妻子是相亲认识的。婚后他们一起在某海滨城市创办了一家出国培训机构，不久妻子怀孕了，怀胎十月，诞下一女。孩子两岁半前，妻子放手事业，在家全心照顾女儿。

为了给妻子减轻一点压力，船长那两年推了所有的应酬，下班就回家陪着妻女。两年半之后，女儿上了幼儿园，船长鼓励妻子创办了自己的艺术培训学校，而他自己承揽了孩子的上学接送问题。

船长嫂子的艺术培训学校没过多久便名声大噪，学员人满为患，可是船长的出国培训机构却依然不温不火。船长也不着急，依然每天开开心心地接送着女儿。

有一次吃饭时聊到如今网上许多的婚姻案例，船长嫂子对我们说："好的婚姻并无多少窍门，无非是男人穷时女人默默跟随，女人生孩子那几年男人多点贴心。都是很平常的事,至于做不做得到,就看对方愿不愿意了。"

幼儿园的孩子多是妈妈接送,在一群接送孩子的妈妈们中间,船长等几个身为父亲的大男人显得格外孤单。时间久了,他和几位接送孩子的父亲都聊得很好,其中一位是某电台的主持人,主持人见船长是出国留学方面的资深专家,便给他提了一个建议,劝他到电台开一个栏目,主讲出国留学的问题。

没想到,船长这个栏目一开便非常受听众欢迎,继而也奠定了他出国培训学校在当地的霸主地位。没两年他的出国培训学校便一统江湖,成为本市出国留学培训的龙头机构,除了获得了丰厚的经济效益,船长个人更是收获了"十佳创业青年""十大优秀青年企业家"等一系列荣誉称号。

记得听人说过,这个世界上的每种感情在发生的时候都只是半成品,它需要人们进行后期加工。而在我看来,沧桑岁月里,婚姻是偶得的一粒顽石,两人穷尽毕生精力以血肉之躯将之磨砺成一粒闪闪发光的明珠,这粒明珠便是上苍给每一个为爱付出的孩子所送上的厚礼,让人感叹,为爱付出,其实更是一种对自己的成就。

爱是你我

用心交织的生活

爱是你和我

在患难之中不变的承诺

爱是你的手

把我的伤痛抚摸

爱是用我的心

倾听你的忧伤欢乐

....

——《爱是什么》

我爱你,不是只靠嘴巴说说而已

前段时间在一个姨家吃饭,席间长辈居多,酒过三巡,人们起哄,让一个叔叔讲讲他恋爱时候的故事。叔叔看了一眼他太太,带着抒情的声调开始了念白:"恋爱时,我带你去减河漫步,你问我,为什么不带你去新湖。我哪敢告诉你呢?新湖边上有卖冰棍的,我口袋里没有钱。"

人们哄堂大笑,那个叔叔的太太嗔怪地瞪他一眼,转头对年轻的几个人说:"看吧,他连个冰棍都没舍得给买,我就被他骗到手了,你们可得吸取教训。"

虽然这只是叔叔阿姨们故意搞笑的场景,可是却让我想起一句话,就是越来越多的恋爱教科书上教导女孩们的那句话:一个男孩爱不爱你,看他肯不肯给你花钱就知道了。

很多人对于这句话抱着嗤之以鼻的态度,可是作为金牛座的守财奴来说,我却在心里对这句话保持着默默的认同——因为我自己就是这样的人——我爱你,才舍得把我的钱给你花。

我一直觉得，不管是男人还是女人，在爱情里付出金钱的多少，在一定比例上代表了爱的浓度。

许多人会说，不是不舍得给对方花钱，确实因为经济条件差呀。

你有多穷啊？给你们讲个条件差的爱情故事吧。我老家村子里有一个和我父亲差不多年纪的大叔，20世纪70年代末的时候，家家都很穷。我爸爸说，我们家是家徒四壁，而他家连"家徒四壁"都算不上，因为，他没有房子。

他父亲早逝，母亲拉扯着他兄弟姐妹五个，家里只有一栋房子。可是，人长大了，总要娶媳妇啊。村里有个女青年看上了他，也不嫌弃他家穷，义无反顾地要嫁给他。爸爸说，那个年代，还不时兴谈恋爱，爸爸跟妈妈从认识到结婚的六年里，只带着妈妈去附近村里赶过一次集。而那个叔叔，带着他未来的老婆去了济南。甜甜蜜蜜地逛了一天街，为了省钱，两人又在火车站候车室坐了一晚上。第二天一早，他们才坐火车回来了。

女青年成了村里唯一去过大城市的人，被伙伴们津津乐道了若干年。而女青年也在结婚之后死心塌地地陪他在清贫的日子里打拼。直到我十几岁的时候，去她家找她的孩子玩儿，听到她提起当年游历省城的事，看到她眼睛里闪着格外耀眼的光芒。

或许你认为我会给你讲，在爱情里，一次极致的浪漫足以慰藉一生的清苦。其实我真正想说的是,一个愿意倾其所有为你们的感情制造一次浪漫故事的男人,在婚后也不会忘为感情保鲜时时付出行动——因为他真的很爱你。

也有人说,现在经济条件好了,土豪颇多,一掷千金的恋爱故事多了,通过花钱的多少,比较不出爱情的浓度,而是该看一个人的用心程度。

我亦觉得有道理,因为有钱之后的煞费心思和没钱时的一掷千金同样能代表一个人的心意。

身边的朋友还是普通人居多,恋爱中豪掷千金的场景也只是在电视里见过。几天前听一个姐姐说起他侄子,小伙子年轻有为,生意做得挺好,自己在市里买了三套房。给小伙子提亲的人络绎不绝,小伙子在众多相亲对象中看上了一个漂亮姑娘,姑娘的家庭条件和工作也都相当不错。为了表示自己的诚意,也因为忙于生意没时间陪姑娘花前月下,小伙子把自己的信用卡副卡交给了姑娘,豪气冲天地说:"以后我的就是你的,随便花!"

你在爱情里偷懒,自然会遇到偷懒带来的后遗症。

姑娘从小花钱如流水惯了,恋爱四个月,姑娘花去了二十多万元。小伙子饶是生意挺赚钱,也有点不舍得了。找姑娘说:"节俭着点,你四个月赶上我自己一年半的消费了。"

没想到姑娘却反而哭得梨花带雨,满腹委屈:"不是你自己说的随便花吗？花一点钱，你就小心眼成这样了？"

家里人知道后纷纷劝小伙子赶紧分手，另外找个过日子的姑娘，小伙子却格外纠结：当初确实是自己说了随便花的，如今再因为姑娘花钱多而分手，怕被人听了笑话。

一个男孩如果爱上一个女孩，愿意给她花钱，可以证明他爱她。可是，如果一个女孩拿着一个男孩儿辛辛苦苦赚来的钱到处挥霍，也足以证明她不爱他。我爱你是因为——你舍得为我花钱，我懂你的不容易。

弟弟二十一岁的时候自己创业，从相亲的姑娘中认准了现在的弟媳妇。有一次我们在外面吃饭，弟弟的哥们儿问他怎么从那么多相亲对象中就认准了这一个，弟弟醉醺醺地说："她懂得心疼我挣钱不容易，我给她钱她都不舍得花。"果然，婚后两人一个人挣钱，一个人顾家，小日子过得平淡也甜蜜。

我见过许多在爱情课堂中付出金钱代价的小伙儿或者姑娘，有的有情人终成眷属，有的曲终人散后钱也打了水漂。只是，爱一个人的程度决定了爱情的成本，人要是动了感情，命都舍得，钱又算得了什么？

我不是怕你,我只是对爱屈服

有人说,即便是最幸福的婚姻,这一辈子中夫妻两人也会产生无数次离婚的念头。说得也是,哪怕是两个从小就在一起生活的双胞胎,长大成人有了自己独立思考的能力之后,也会有产生分歧的时候,更何况是分别生长于不同家庭的、在成年之后才相遇牵手的两个人呢?即便是三观一致,也总会有情绪不同步的时候。

半夜起来给孩子喂奶,孩子吃饱后呼呼大睡,我却睡意全无,拿起手机刷朋友圈。看到闺蜜伟伟在朋友圈转发了这样一条长长的文字:

梦醒了,才明白有多卑微

看透了,才知道有多可怜

想通了,才发现已经一无所有

曾经的爱已经千疮百孔

曾经的真已经遍体鳞伤

昨日追不回，今朝徒伤悲

自己酿的苦果自己尝

自己做的事情自己担

没有人可以依靠，你还有自己

没有人可以相信，你还有自己

没有人拥抱你，没关系

没有人疼惜你，没关系

大声地告诉自己

你还有你，不离不弃

亲爱的自己，晚安

    我一看就知道，肯定是小两口又闹别扭了。想想前几天两个人还在朋友圈里秀恩爱，我也没有在意，翻个身继续睡去。

    隔了一天，我又在朋友圈中看到伟伟发了一组自己在娘家收拾房子的照片。伟伟的母亲长年在北京，娘家的房子已多年没有人住。看着她在朋友圈里发着割草、收拾水龙头的照片，像是要长住下来的样子，看来这丫头是在跟老公赌气。

    我问她，果然是两个人闹了别扭，闹得还不小。起因其实也没什么大事，伟伟的老公大董长年在广州打工，伟伟和公婆住在大董的老家。

这天，伟伟在工作上受了委屈，回到家里自己收拾着屋子正憋屈的时候，大董来电话了。伟伟气儿不顺，而隔着几百里远的大董却看不到伟伟的脸色，还自顾自在电话里调侃着伟伟。伟伟心头的火嗖地攻上了头顶，在电话里把大董狠狠地教训了一通。

之前大董刚出去打工那会儿我们就劝伟伟，要么就跟着你老公走，一起去打工，要么就让大董在家附近找个工作，总之夫妻两人要在一起。因为我们总觉得婚后和恋爱时总归不一样，恋爱时距离产生的是美，而婚后长期两地分居却只能滋生嫌隙。

可是他们夫妻权衡再三，还是觉得大董出去打工挣钱多，而伟伟又实在不喜欢大城市的快节奏生活，最终选择留在了小县城和公婆一起生活。

两地生活，说起来轻轻松松，现实中却充斥着无数让人说了觉得琐碎、不说觉得憋屈的事儿。所以，前几年，反映夫妻双城生活的电视剧格外火爆，收视率居高不下。

伟伟一面希望大董能早日归来夫妻团聚，一面又不肯做大董事业发展的牵绊。就这样，伟伟一直不开口，一直纠结着，和婆婆一起生活了四年。大董在广州的发展不错，从普通中层做到了企业高层，薪资待遇翻了几倍。如此一来，大董更加珍惜自己的工作，每年回来过年，一打听当地同等行业职务的薪资水平，更是断了回乡发展的心思。

结婚四年，除了身边多了一个婆婆，伟伟依然过着和单身贵族相差无几的生活。工作生活中遇到了苦闷，她拿起电话首先打给的不是大董，而是朋友们——大董在工作的时间格外忙，等大董忙完的时候，伟伟也早在朋友们聊天的过程中把不愉快的事儿忘得差不多了。所以，伟伟和大董也常常因为时间、空间的问题闹不愉快，每次大董都主动俯下身姿讨好伟伟，伟伟也习惯了大董"怕她"的样子，隔几日便"收拾收拾"大董。

可是，这一次大董的几句调侃却成了压死骆驼的最后一根稻草，伟伟积怨多年的"新仇旧恨"一齐涌上心头，小嘴像打机关枪一样叭叭叭对着大董就是一通扫射，"子弹"粒粒瞄准要害，大董展开自卫反击战，两人的话语子弹虽然隔着时空，威力却丝毫不受影响，甚至比当面争吵更为厉害，最终，一方是悲愤交加，一方是声泪俱下……

伟伟委屈，自己为了不拖大董后腿从没说过让他回家，在家侍奉公婆替他尽孝，他未曾主动提出回家陪伴自己也就罢了，在遇到委屈的时候竟然也不知道安慰安慰自己；大董也是万分委屈，自己结束一天辛苦的工作，给媳妇打个电话吧，本想逗她开心的，却不知道怎么就捅了马蜂窝，挨了一通骂。是夜，伟伟辗转反侧，独自垂泪，哀哀怜怜地发了开头这么一条朋友圈；第二天，她等了一天，竟然也没接到大董道歉的电话，伟伟一气之下收拾行囊回了娘家。

而大董当天夜里因为跟伟伟生了一肚子气睡不着觉，跑到公司生产现场巡视，不料遇到突发火险，他带着工人奋力抢救，却依然被冲天大火烧去不少生产材料。虽然那天夜里并不是大董值班，可他作为生产厂长却有着不可推卸的责任。忙碌了一夜，第二天董事会上大董又被狠批一通。

大董虽然早在伟伟回娘家第一天的时候就已经接到他母亲的电话，却奈何分身乏术，等大董处理好这起安全事故做好善后工作的时候，伟伟已经独自回到娘家待了六七天了。大董请了假，回程的路上，翻看了伟伟的朋友圈儿。

第一天：收拾房子的一组照片，配着文字——收拾干净了，还下了一场小雨，家，用这么清新的空气欢迎我归来吗？

第二天：下午还是狂风暴雨的天气，没想到晚上的月亮皎洁明亮。喜欢被月光笼罩着，在月色中思念，然后慢慢进入梦乡。

第三天：一个人的心，摸不着，看不到，只能用心去体会。在乎你，才会关注你的一举一动；喜欢你，才会留意你的一言一语。

第四天：不想吃，不想喝，不想睡……

第五天：该清醒了，自己的生活自己过。

第六天：你是不是傻？到现在还不明白，根本就没有人在乎你，你把自己折磨成这样，人家依然潇洒过日子，估计这一天里都不会想起你，干吗还傻乎乎地盼呢？

…………

大董踏进伟伟家的时候他吓了一跳，才几天没相互视频，伟伟已经暴瘦了一圈儿。他忍不住冲过去抱住伟伟说："傻子，你减肥了吗？"

伟伟也被满腮胡茬、满脸憔悴的大董吓了一跳，可缓过神儿来怒气未消的她又想起自己独自伤心生气时大董却没给半个字的安慰，冷冰冰地说："我想清楚了，你根本就不爱我，我现在也不爱你了，这日子没法过了，我们离婚吧。"

大董眼眶红红的，有泪光闪过，他点点头。

他就这么同意了？四年婚姻，他竟然没有半点儿挽留的话语。伟伟错愕，眼泪夺眶，哇的一声哭了出来。

大董却破涕为笑："傻子，你看，你还是爱我的，只是你被怒气冲昏了头，自己不知道，所以才说出离婚的话。下次再也不许这样了。"伟伟呜呜地哭着，大董又说，"其实你想想，这四年以来，我们每次有争论不都是我主动求你、主动哄你吗？别人都说我怕你，其实我是因为爱你才愿意每次都做出让步啊。"

今天伟伟的朋友圈又发了这样一句话：人生的苦与痛，不过都是作茧自缚，一切从心出发，让心成为草原，开遍绿洲，栽满鲜花。我知道，小两口已经和好如初了,应该过不了几天,又会在朋友圈里看到她秀恩爱、"撒狗粮"了。

在两个人的感情生活里,一切所谓的怕其实都不过是对爱的屈服。因为爱,所以我愿意对你俯首称臣;因为爱,所以我愿意为你做出让步。只要你也爱我,一切都值得。

我没事儿，就是想听听你的声音

前日，电话响起，是许久没有联系过的朋友萱萱。接起，电话那头是萱萱温婉的声音："最近好吗？"

我问："萱萱，有什么事啊？"

萱萱不紧不慢地说："我没事儿，就是好久没打电话了，想听听你的声音。"

我以为萱萱有事不好意思讲，又问："嗯，你要是有什么事跟我说就行，咱们之间不用客气。"

萱萱说："真的没事，只是我们之间好久没有通电话了，上次通电话好像还是在半年以前。就是突然特别想打电话给你，跟你说说话，听听你的声音。"

被萱萱这样一说，我才猛地意识到，不仅我们俩好久没有通过电话了，而是有好多朋友都是半年甚至一年都没有打过电话了。

我和萱萱是小学同学，后来又一起度过中学的美好时光，再后来萱萱搬家去了青岛。读书那些年,每月都有萱萱的信带着海风的味道自青岛而来。工作的第三年我买了手机,那时候萱萱已经有手机好几年了,从此写信变成了打电话,昂贵的手机费是我们微薄薪水里的重要花销部分。除了打电话,我们常常写长长的短信给对方,一如当年互相写信的时光。

好像从萱萱结婚开始,我们的联系渐渐少了。随着我开始喜欢写东西,跟其他朋友的联系也渐渐少了。

自从有了微信,许多多年不见的朋友又联系起来,可也只是刚加上好友时有几天的热络。过后,许多朋友就成了通信录里几百上千个头像中的一个。微信圈里互相点个赞,偶尔评论一句,像萱萱这样特意打电话过来的,除非有了什么重要的事情。

每日里,朝起昏睡,周而复始的日常工作,时间悄悄地走,关注自己利益的东西很多,皱纹的加长、白发的增添、存折数字的增减、固定资产的多少……关注外界的事情却越来越少。遥记十几年前刚拥有手机的时候,每天都有几通电话打给朋友,闲谈天与地、花与雨,如今,却随着年龄的增长,一点点淡去了兴致。忘了已经有多久没有和知心朋友彻夜长谈,忘了从什么时候开始不再收到朋友们长长的短信。

那天,得空儿去拜访一位前辈,他说:"我还是特别怀念过去朋友们互相写信的年代,怀念展开信看到'见字如面'这句话的感觉,几张写满字薄薄的信笺,让你知道,不管隔了多远,有人在想着你,念着你。后来有了电话,渐渐少有人写信,可是隔了些许日子,拨通几个老友的电话,就算没什么可说的,听听熟悉的声音,就仿佛能抚慰内心的思念。"

年轻时,我也有许多笔友。记忆里,联系最久的是一个当兵的男孩儿,或许,这和我内心对绿色军营的痴爱不无关系。我现在依然记得他在信里写过的许多句子:现在,我趴在草地上给你写信,天上的星星闪烁,身旁有蟋蟀啾鸣……听说你有当兵的梦想,真好,若有一天你也戎装在身,希望你还能记得我……鸿燕来往,暑去冬来,随着我毕业,与笔友们的书信联系就此终止。

那个时候我们年轻,所以我们充满活力。随着时间流逝,我们长大了,突然之间大家都忙了起来,有多少说着永远做朋友的人慢慢地淡出我们的世界,有多少恨不得每天都在一起谈天说地的朋友渐渐走远。

青春的激情会随着岁月的风蚀而消失殆尽,日子像白开水一样过得平淡无奇,却又让人安然沉醉其中。渐行渐远的不只是岁月的脚步,还有内心对外界的渴望。我以为只有我一个人这样,发了个朋友圈,却引起朋友们热烈共鸣。

不再写信，归结为科技进步、时代变迁；不再抱着电话热切交谈到电话发热，归结到所谓的工作忙、醉心成长。借口有许多种，却不肯承认，只是自己已经不再年轻。我以为，我失去了与朋友们彻夜长谈的兴致，失去了对花与雨、河畔与夕阳的关注，却不肯承认，其实我是在日常的琐碎里磨灭了年轻时对生活的激情与渴望。

这个时候，你会想起谁？会让你拿起电话打过去，轻轻地对他（她）说一句："我没事儿，只是想听听你的声音。"我想，在听到你声音的那一刻，他（她）的微笑一定温暖如花，开满整个夏天。

因为想你，所以满世界都是你

随着一声礼炮响，五颜六色的彩纸条从半空洋洋洒洒而下，婚礼进行曲的音乐响起，新郎牵着身穿白色婚纱的新娘款款走到舞台中央，深情对望。这时主持人适时出现，一通吉祥祝福话语引得掌声一片。

我正看得出神，身边的小龙一推我："快看，那边坐着的人是不是小玉？"

我顺着他手指的方向看去，一个和小玉有几分神似的女子坐在另一席，像，但绝对不是。

席散之后，出来酒店不远，我故意问小龙："你还记得她吗？"

小龙飞快地回答："早忘了，呵呵。"

"可我还没说是谁呢！"

小龙的脸瞬间红得像个猴儿屁股。

小玉是小龙的初恋，当年两个同在一所高校，小龙的室友成东和小玉来自同一个海滨城市，本着肥水不流外人田的想法，成东把小玉介绍给了小龙。见面前，成龙一个劲儿地夸赞小玉，小龙不以为然。

　　第一次见面，小龙就被小玉的美惊艳了，结结巴巴说不出话来，小玉是个非常活泼开朗的姑娘，俏皮地说："成东说你伶牙俐齿，给我看看你的牙有多尖？！"

　　小龙和小玉一见面就互有好感，成东也有意撮合两人，于是校园内外经常见到三人同行的身影。小龙在心里已经认定小玉为女朋友，而小玉却一直等着小龙跟她表白。这两个表面看起来外向的家伙却直到毕业却并没有挑明关系。

　　毕业的时候，小玉的父母已经在自己的城市给她找好了工作，小龙的父母则希望他回家乡考公务员，将来有个一官半职也好光宗耀祖。

　　小玉说她已经找好了工作，心里却企盼着小龙挽留。而失落的小龙却只是张了张嘴，却没有出声。

　　分别的那天，小玉绷着脸拉着行李一句话也没说就进了火车站。走进车站门，她的脸上便挂满了泪珠。小龙在火车站外眼望着小玉进了站，脸上的笑容突然消失，蹲在地上低着头，地上绽开一朵朵的"雨花"。

　　爱情总是这样，分开之后才知道爱有多深，相思有多痛。

小龙回到家乡进了小镇的镇政府工作。他给小玉打了无数个电话，说了许多许多话，甚至把办公窗外的梧桐树长了几个杈都说了，却没说出那句"我爱你"。

小玉回到自己的城市，进了建筑局工作，她也给小龙打了无数个电话，把办公桌有几个抽屉，抽屉里有几张纸都讲得清清楚楚，却没说出那句"我想你"。

时间久了，他们各自熟悉了自己的新环境，电话也就慢慢地少了。

再后来，他们有了各自的恋人，就像天上断了线的风筝，越飘越远，甚至拿起电话拨了几个数字，想想不知道说什么，只好又挂断了电话，直到断了联系。

小龙发挥自己擅长写作的专长，颇得领导的赏识，在领导的鼓励下，工作的第三年他又参加公务员考试，到了市里某单位从事文字工作。小龙的妻是城里姑娘，跟家里人做生意做得风生水起。小龙如今干着自己喜欢的工作，又不用操心生活，他再也没向我们提起过小玉，我们也以为他已经忘记了过去。

可是，醉了的小龙喃喃自语的一句话却让我们为之确信，曾经的爱情和小玉一直在他的记忆深处。

他说："怎么满世界都能看见你？"

这世界上唯一祈求不来的是感情

贝琳达说,她离婚了,我给她发了一个拥抱的表情,什么也没说。

以前,遇到有人说要分手、要离婚,我总是像个居委会大妈一样挺身而出,"吧啦吧啦"地扯着人家劝半天。主要内容无非有缘相聚不容易,能合就不要分;看在孩子分上两个人再努力努力……说这么多,其实最根本的原因也不过是从小听老人们讲过的那句:劝合不劝离。

可是,对于贝琳达十年来与邱总分分合合的见证者,我实在说不出劝她回头的话。

贝琳达很美,在北京读大学的时候曾经多次被选去参加电影拍摄。在北京读了三年书,她参加了三十多部电影的拍摄——虽然都是路人甲、路人乙之类的小角色。

美人总是命运多舛,大三将要结束那年,她父亲意外生病,住进医院,钱如流水般花出去。贝琳达母亲卖了房产,而后便开始四处借钱。

贝琳达休学，没多久，便和邱总结婚。她和他，相识在片场，他惊艳于她的美貌，她安心于他给她的稳定感。婚后贝琳达生下一子，公婆自然是乐开花，为了方便照顾孩子，坚持让贝琳达他们搬去父母家同住。只是，没多久，成长环境不同、三观不一致导致一家人纷争不断。

贝琳达娘家在厦门，性子温软，骨子坚强。邱总家在沈阳，大男子主义，却又安于现状。贝琳达主张稳住基础的前提下再积极开展其他投资，让经济条件更上一层楼；邱总却安于现状，说多了便一句"家里钱都是我挣的，我说了算"怼贝琳达。

因为贝琳达娘家落魄，婆婆对贝琳达颐指气使，恨不得拿她当女佣使。每天从早晨五点到晚上睡前，贝琳达从一楼打扫到三楼，除了买菜做饭，抹布极少离手，可依然难以换得婆婆满意。更过分的是，尊婆婆指令她爬梯子去擦房顶，恐高的她吓得两腿打战，脸和嘴唇都变了颜色，而婆婆却抱着孩子指着她说：'将来娶媳妇可不能娶这样好看不中用的，穷得叮当响，还以为自己是个养尊处优的大小姐。"

都说清官难断家务事儿，皆因为生活里都是些琐碎，若是计较，自然是天天一地鸡毛。

孩子三岁那年，贝琳达哭着告别邱总离开了家去了上海。

做了三年家庭主妇，再回到社会，贝琳达一度很茫然。

在一个小投资理财公司做普通职员,拿着六千多的工资,在上海这样高消费的地方,节俭点够吃够喝,但想攒下钱就很难了。

贝琳达尝试过重拾文学梦想,靠写作来赚取外快。但很快她就发现这条路子已经太难。报纸的文学副刊逐年削减,文学杂志接二连三地倒闭,越来越小的发表阵地和越来越少的稿费实在让人泄气。

贝琳达还做过兼职,下班后去培训机构打工,只为多赚取一两千块兼职工资。

那段时间贝琳达和我说:"有可能你会觉得我很俗气,我真实的想法就是努力赚钱,我要做出自己的事业有尊严地回家去,我不想让自己在家人面前抬不起头的样子成为儿子心中的阴影。"

贝琳达慢慢地攒了点钱,颇有理财观念的她分别做了几笔小小的投资,竟然获得了不错的收益。

贝琳达兼职的培训机构有一个肚皮舞培训班,她看了好久,想了很久,决定辞掉兼职报名学习。

记得以前人们常说,舞台上的表演是台上一分钟台下十年功。我不知道贝琳达付出了多少倍的努力,她在短短的四年考到了肚皮舞教练证,并在香港世界"金紫荆花奖"肚皮舞大赛中获得很不错的名次。

贝琳达转去做肚皮舞教练了。做着喜欢的事儿,拿着比以前高了几倍的薪水,她更加努力地学习。她喜欢化妆,就在业余时间刻意学习,没多久，在她一个学员的介绍下幸运地得到一所职业技术中专教授化妆课的兼职。

越努力，越幸运。贝琳达名气越来越大，她的好性格更是让她交了不少朋友，慕她名而来的学员越来越多，培训机构的老板为了让贝琳达安心在此不被别的培训机构挖走，吸纳她成了肚皮舞专业的合伙人，她的收入更是猛增。

贝琳达在外面漂了七年，中间有几次因为实在想孩子回去了，可每一次又都哭着离开沈阳。

今年夏天，贝琳达看到我发的宝宝照片，再一次萌生了回家相夫教子的念头。她跟我说："我就快四十岁了，我现在挣了不少钱，相信婆婆不会再因为钱的事儿难为我。而已经分别这么多年，我和老公也应该有所缓和。"

贝琳达和邱总提出两个人重新开始，没想到，邱总却提出一大串严苛的要求：留下来过日子可以，但不准化妆，不准喷香水，不准穿未经他同意的衣服……

贝琳达说："抱着孩子的那一刻，她心软了，她什么都答应了。"

第二天开始，早晨五点钟，贝琳达穿着大T恤上街买菜，回来做一家人的早餐，洗衣服擦地做卫生。

贝琳达说:"我在上海都是请钟点工打扫卫生,可是我回来后从早上忙到晚上干十几个小时。为了能挽回他的心,为了能和儿子在一起,我觉得做什么我都能咬牙忍。"

有一天,儿子突然过来抱了贝琳达一下,说:"妈妈,我怎么感觉你像个奴隶。"贝琳达顿时泪流满面。婆婆在一旁讥讽:"哟,怎么,觉得委屈啊?那还回来干吗?"

作家张爱玲说过一句话:见了他,她变得很低很低,低到尘埃里。但她心里是欢喜的,从尘埃里开出花来。

贝琳达为了证明自己不是为了依傍邱总的钱财而选择离开,在证明了自己的能力后又为了一个看似圆满的家,宁愿放弃已经得到的一切光环而甘心去做一切自己不喜欢的事情。

可是,低到尘埃里的爱情怎么会开出幸福的花呢?当贝琳达接了放学的儿子在回家路上等红灯时,看邱总和他车里笑靥如花的另一个女子时,她才彻底明白自己祈求的爱情早已经是明日黄花,而自己为挽回这段感情的付出是多么廉价。

幸好,贝琳达还有她心爱的事业。如今,她已经回到上海,全心全意地投入到肚皮舞教学中。看她朋友圈的照片,每天被许多高颜值美女包围着,她脸上的笑容也越发有光彩。

知识可以改变眼界，食物也可以

三十多年前，我出生在鲁西北一个偏远的小村里，全村总共才一百多人。村里只有一条主要街道，从东头走到西头，也不过三分钟。村里大都是低矮的平房，我家也是。每年的春天，爸爸妈妈都要找人挖墙碱，然后买些砖，填补修葺上去。时间久了，远远看上去，好像房子底部有一部分是砖砌的，上面是土坯的。

那时不光我们家穷，整个村子都穷，零食这个词我们从没听说过，村里还有几家连馒头都吃不上。五六岁的时候和小朋友们一起玩儿，半晌午的时候，和我同岁的少华饿了，领着我们跑到她爷爷家，她爷爷是退休的老校长，家庭条件在村里算是好的了。我们看着她松开系在橱门上的绳，放下悬在房梁上的篮子，从里面摸出半个馒头，跑到院子里的大咸菜缸前捞出一块腌白菜帮和一个腌辣椒。

她吃得真香，我的口水一个劲儿地往肚子里咽。从小在城里长大的孩子永远也体会不到我对那一缸咸菜的渴望。因为在我家里，唯一的一口小咸菜缸里只有几块皱巴巴的腌萝卜，上面还带着一层白霜一样的盐渍。

那时候，我的人生就有了理想，我希望将来有一天，我家的咸菜缸里也能够像少华她爷爷家一样丰富多样，除了萝卜，也有白菜、辣椒、胡萝卜，我能够想到的只有这么多。

在我刚记事儿的时候，村里有一家来了城里的亲戚，城里的小女孩十五六岁，跟着我们一起在村子里玩，俏皮的小嘴巴不停地吧唧吧唧嚼着东西。那时的我年幼，且又馋得可以，一直抬着头，眼巴巴地盯着人家动来动去的嘴巴，实在忍不住，问："姐姐，你吃的什么呀？"

小姑娘回答："口香糖。"

然后她又故意挑逗我："你馋吗？"

我咕咚咽了一口水，激动得像小鸡啄米一样点头，以为她要给我吃。

她却把嘴里的东西噗的一声吐进旁边的猪圈里，说："吐了也不给你吃。"

我年纪虽小，但也已经懂得害臊，受到这样的待遇，我咬着嘴唇，忍着泪回到家里，爬到炕上哇一声大哭起来。

那时候我并不知道她吐掉的是口香糖的渣渣，所在，在觉得丢面子的同时，还为她吐掉的那口香糖感到可惜。

妈妈问我为什么哭，我抽抽搭搭地把事情告诉她，指望她能哄哄我，这却换来我记忆里的第一顿揍：妈妈觉得我向别人要东西吃太丢人。

那顿揍让我记住了不要向别人讨要东西，看上去再好的东西也不行。

长大以后离开家，独自在外面漂泊，那种找不到踏实稳定的不安全感，全化成对美食的追逐。

每到一个城市，每到一个地方，我都热衷于寻找当地最好吃的东西。只有在手里捧着美食的那一刻，我才能由衷地感觉到，自己为生活打拼的艰苦与努力是那么的真实而有意义。

有很多人说我的人生很励志，我从不承认我是什么励志榜样，因为我觉得，我能走到今天，完全是吃在指引着我的方向。

最怕熬到苦尽，却没盼到甘来

今天的故事来自我们公众号的一位粉丝，名叫柒柒，她约我见面的地方是一个茶室，我到的时候她早已经等候在那里。春末，阳光遍野，花开德州城，她却还穿着一件厚厚的白毛衣，低着头，双手捧着一杯咖啡坐在角落里。

"你喜欢看戏吗？上周有朋友推荐我看了一出戏剧，讲一个相府千金爱上了一个穷小子，为了嫁给爱情与父母决裂的故事。婚后不久丈夫离家，她侍奉公婆苦苦等待，终于盼得丈夫戎马归来……"她一边搅着咖啡一边轻声说。

"是说的王宝钏吧。"

她点头，《武家坡》的唱词突然在我脑边萦绕："指着西凉高声骂，无义的强盗骂几声。我为你不把相府进，我为你失了父女情……"

一

柒柒是独生女，长相甜美可爱。她家家境颇丰，自幼便是父母和家人捧在掌心的宝贝，虽然学习成绩一直不太好，可还是在父母的"努力"下读完了大学专科。

毕业后，柒柒进入本地一家民企上班，工作轻闲。

一家有女百家求。自从柒柒上班，家里、单位给柒柒提亲说媒的人络绎不绝，深爱柒柒的父母总想给她挑一个完美夫婿，却总也不能称心如意。

那天柒柒在班上无聊地上着QQ打发时间，突然有人进来办公室，她手忙脚乱地关闭QQ。来人是一个非常帅气的小伙子，浓眉大眼，穿着军装，一开口是非常流利的普通话："请问人事部在哪个办公室？"

柒柒连忙指给他。

他临走又回头，窃笑："我看到你玩QQ喽！"

柒柒瞬间红了脸，心虚地回应："我在接收文件。"

二

几日后，柒柒外出公干，去司机班要车，车队长一指角落里坐着的人：

"小薛你去。"

是那个穿军装的小伙子。

她才知道原来他那天是来应聘的,这次又知道了他的名字:薛大伟。

一路上薛大伟对柒柒殷勤倍加,柒柒也对这个风趣幽默的小帅哥颇有好感。

隔了几天的周末,柒柒和相亲对象在一家餐厅吃饭,两人都因羞涩而低头不语,反倒是两人的妈妈你一言我一语地聊得火热。

男孩儿妈妈一面夸赞柒柒漂亮温柔,一面介绍自己的儿子在某局工作,顺带强调了一下自己特别喜欢温和单纯的柒柒。

柒柒偷偷望一眼对面的男孩,他相貌平平,并无特别之外,心里略微有些失望。

这时有人从后面拍了一下柒柒的肩,她吓了一跳,猛回头,看到薛大伟一脸灿烂的笑容:"小柒,你也在这儿啊?"

她站起身对大家介绍:"这,这是我,同事薛大伟。"不知道为什么,柒柒有些结巴。

男孩儿妈妈把薛大伟拍柒柒那一掌看在眼里,虽不动声色,却再也没了刚才的热情。

柒柒妈妈回家路上把柒柒好一通审:"那个什么大伟,在你单位做什么职务?家是哪里,家境如何,家里都有什么人?"

柒柒张口结舌："这些我哪里知道？"

柒柒妈妈语重心长地说："我看这个男孩子空有一副好皮相，不要跟他过多接近。"

柒柒黑了脸："不过是吃饭遇到打个招呼而已，难不成见到同事连招呼都不能打？"

柒柒妈妈又说："你要记住，谈对象一定要找个知根知底的。"

三

总是越怕什么越来什么。

柒柒妈妈担心的事情果然还是发生了。

薛大伟对柒柒展开追求，柒柒不敌，坠入爱河。两个月后，柒柒带薛大伟回家见父母了。

柒柒父母对薛大伟不冷不热，一项项问询着。

"小薛，你家在哪条路啊？"

"阿姨，我家不是本市的。"

"那是哪里人啊？"

"××省××市××县××村。"

"那你是在哪里读的大学啊？"

"我初中毕业后就去当兵了,当了两年兵,回来后就在咱们城市打工了。"

"你在柒柒单位做什么职务啊?"

"司机。"

"家里都有什么人啊?"

"母亲、继父、哥哥、嫂子、妹妹。"

薛大伟一项项地回答着,头越来越低。柒柒父母一项项听着,脸色越来越冷。

薛大伟走后,柒柒父母强忍怒火给柒柒做工作。可柒柒却如同这个年龄段的所有孩子一样反应:"你们不要说了,我也不想听。你们那些老俗套就是古代的门当户对,不要用老一套来阻挡我们的爱情。"

几个回合下来,柒柒父亲大怒:"你小孩子懂什么?被人骗到山洼里卖了都不知道!"

听柒柒讲到这里,我突然想起《薛平贵与王宝钏》——

相爷阅人无数,一眼就看出了薛平贵不靠谱!

四

可是在父母与孩子的战争里,总是父母难敌孩子的一意孤行。

柒柒赢了与父母的对决,开开心心地嫁给薛大伟。为了不让柒柒委屈,虽然对这女婿怀着百般不满,柒柒的父母还是给柒柒陪嫁了房子、车子和足够的钱。

可是,柒柒的父母给她备下了过日子的一切,却不能给她备下一辈子的幸福。

婚后,薛大伟进了岳父的工厂工作,他很聪明,也很刻苦,不仅和厂里的核心领导们相处甚好,对厂里的业务也很快就熟悉了。柒柒不久生下一女,取名可儿。她乡下的表妹刘小君中学毕业前来投奔姨娘姨夫,想在这城市找个工作,一时难以找到,便留在柒柒家帮忙带孩子,而柒柒产假结束依然回到原单位做着悠闲的小职员。

那两年,柒柒的日子也算甜蜜。

天有不测风云,三年后,柒柒父亲突然病倒,自此卧床不起。厂里的业务便全部交给薛大伟打理。薛很勤奋,厂里的业绩不仅没受柒柒父亲病倒的影响,反而略有攀升。可儿上了幼儿园,表妹便进了工厂工作。

生活处处充满着狗血剧情。

那天,可儿在幼儿园流鼻血,老师通知了姥姥来接孩子,柒柒的母亲带着可儿去柒柒家里换衣服,拿钥匙开了门便看到沙发上不堪入目的一幕……

柒柒的母亲一边捂住可儿的眼睛一面大骂，沙发上的两人急忙穿衣服。柒柒的母亲这才发现，女的竟然是自己的亲外甥女刘小君。

五

生活的硝烟一旦开始蔓延便难以休止。

柒柒的父亲怒火攻心撒手而去，柒柒的母亲一病不起住进医院。

而薛大伟一面大骂岳母污蔑他，一面公然把表妹带回家中住了下来。

柒柒在母亲的病床前搂着女儿无助地流泪。

这世界上没有如果，如果能时光倒流，她一定不会同意表妹来家里带孩子，更不会同意她去厂里工作。可是即使没有表妹刘小君，就能保证不会出现王小君、张小君吗？

柒柒母亲病逝后，薛大伟很快递过来离婚协议书。

原来刘小君已经怀孕四个月，据说是儿子。

厂里的资产在这几年已经被薛大伟转移了干净，家里的钱一直是薛大伟保管，他一句投资失败，仅交出了几万块钱。如果要女儿，便不能要房子，如果要房子，便要她留下女儿。女儿是她的命，她怎舍得丢下？

薛大伟捏着她的性子一步步攻，她只能一步步退。

办完所有手续，柒柒带着女儿来到了德州。在这个陌生的城市，没有熟悉的人，反而让她感到一丝轻松。只是偶尔在夜里，少不更事的女儿哭闹着说想爸爸，想小姨，让她的心如刀绞。

来到德州后柒柒创办了一家培训机构，几年来，她一点点褪去柔弱，努力打拼，像燕子衔泥般在这个城市构筑了自己的事业，也给自己和女儿安了一个温馨的家。

柒柒的朋友说她有点像王宝钏，但她却觉得自己比王宝钏更幸运一点，因为戏里没演到的一个结局是王宝钏随夫而去，却只享了十八天的福就离开人间。而柒柒虽然离开薛大伟，却有女儿依偎身边，还开启了自己的人生新篇章。

我拉着柒柒的手，静静地听柒柒讲完。阳光刚好照进我们的位置，柒柒久久地望着窗外，阳光在她的眸子里闪耀着，像她已经开始的新生活。

不管遇到多阴郁的天气，总有拨云见日的时候；不管背负多艰难的过往，终会峰回路转、柳暗花明。柒柒，真正属于你自己掌控的精彩人生才刚刚开始，愿你幸福。

做女人，当如香水

这世间，总会遇到一些女子，让你一见倾心，之后便久久迷恋。

作为一个女人，她身上有太多让人迷恋的东西。她聪明博爱，画画、写作、爱古文、爱摇滚、学禅宗修行……爱好多得让人看了都替她觉得忙不过来，她却在这些行当里一样样耍得春风得意。

她兴致来了要学瑜伽，业余时间练了三年，居然好到可以去帮忙客串一把教练；她事业成功，当了两年全职太太，然后创办自己的策划公司，到如今成为西安顶尖品牌策划人；她用自己赚的钱买了几套房子、车子，用她自己的话说，进商场没有想买却买不起的东西；她家庭幸福，是朋友圈里的模范家庭，老公是她美院时的同学，毕业即自己创业，如今亦是一成功商人，结婚十几年，依然宠她到愿意在众人面前为她——咬去她不爱吃的饺子边儿；她忽儿正经八百地跟你讲石康、讲南怀瑾，忽儿又一脸甜蜜地跟你讲她的初恋，那温温婉婉的小女人相，仿佛一个初识爱滋味的少女。熟悉的人知道，她儿子都已经可以打酱油了。

她实在是个让人无法定义的女子，却让同样身为女人的我也爱她至极。

我们是网友，2006年在天涯看到她的贴，感觉字里行间透着一股犀利的气息——这是一个非常有个性的女子——我断定。

想方设法寻来她的QQ，果然是一个极独特的女子，不矫揉不造作的男儿性格，却也是那么感情丰富。听她悄悄告诉我，空间里那篇《说对不起晚吗？》是在有暖阳的午后，悄悄写给初恋情人的；也听她说，地震时，顺着左摇右晃的楼梯跌跌撞撞地下楼，她心里想的、嘴里喊的全是老公的名字。

十一年的时间里，断断续续地和她聊着，看着她从一个尖锐的女子慢慢变成如今精通国学、性情温和的事业女人，实在是为她开心。

那天在网上对她说："阿姐，我要写你，这么年轻事业就已经这么成功，我要写你，是篇好的励志故事。"

她却说："我不励志，我就是个混不吝地按自己生活、极其自私的人。说白了，搞策划的就是手艺人，所要做的就是把手艺练好就有饭吃，对别人没有借鉴作用。"

我想了想，半调侃着说："那我就写你的感情，女强人的感情故事一定超级好卖！"

我没想到她会那么老老实实地说："我前后恋爱好多个，除一个外，都是画画的。初衷也就是爱跟人家交谈,可没个身份实在不好老跟在人家后面跑,就在一起了,算恋爱了,这是我后来才想通的——我根本不爱恋爱,只爱跟人交流。我喜欢自由,不喜欢爱情,但不可否认,我曾用整个青春去恋爱,多有意思的路。"

看她发过来的老照片,五六个年轻人,抱着吉他,身后是一片白桦树,他们的眼神随长发飘去的方向坚定地仰望着天空。和她相比,我的青春真是平淡乏味得不值一提。

我夸赞她,不尖锐,不轻浮。忽然想起她曾经的犀利和恋爱经历,又觉得失言,不知道该再讲些什么,她却轻松地接了句:"我以前是个事儿精,觉得自己特独特,跟常人不一样。前两年公司遇到过一次困难,百转千回地走过那场困境后,才慢慢变成现在的样子。"

随后她又调侃自己:"我很逊,爱情靠数量觉悟,工作靠困境觉悟,可我终归不愿大好青春将就着浪费过去。"

我想起许多年前,在商场遇到一款香水,香味独特,名曰毒药,嗅过一次久久不能遗忘。只苦于囊中羞涩,徘徊许久也没有出手。多年来,那香味一直在记忆中久久萦绕,却再也找不到。直到前不久,在另一个城市的商场等待朋友的空隙,竟然再次偶遇"毒药",一如记忆中的味道,拿到手,竟然有激动得想要流泪的感觉。

捧着手里的小瓶，一路感慨万千。这世间，有多少人和事如这"毒药"香水一般极具特色，让人一见倾心，久不能忘。只是我也知道，酝酿这款"毒药"，亦不是那么容易简单，就像卓尔不群的人生必定有着更丰富的经历。

人生路上，多少人的青春就像树上的叶子，未曾尽情招展便已随着萧瑟秋风零落成一地的记忆。想做一个让人难忘的人，秋风未到时，努力扎根，让人生枝头的花果更娇艳！当我来过，你便不能忘怀。

爱一个人，最好的方式是和他一起飞翔

如果你还云英未嫁，有两个男人供你挑选，一个说，做我幸福的妻子，我养你；而另一个，愿意带你在职场打拼，但是会很辛苦。这两个男人你会选择哪一个？

虽然有很多女孩子不肯承认，但实际上，会有相当一部分都选择了前者。

看过电视剧《我的前半生》的人都知道，这第一个男人的代表是陈俊生，这第二个男人的代表就是圈粉无数的贺涵。

罗子君嫁给了陈俊生，过了十年养尊处优的生活，从一个前途光明的女大学生变成了一个每天只知道买买买、以丈夫的喜怒哀乐为中心的家庭主妇。

而与贺涵在一起后的唐晶，从一个职场菜鸟经历一番摸爬滚打之后成长为财务自由、内心强大的职场女神。

陈俊生许诺罗子君说，我养你。可他却在十年后的某一天突然变了心意，于是罗子君成了一个落魄的失婚女人。男人们在对女人说出"我养你"时都是情到深处的真心实意，而反悔的时候却也是毫不留情转身而去。

很多人会说，罗子君之所以会经历痛苦是因为陈俊生出轨，唐晶能成为职场精英是因为有贺涵护法，也对，也不对。因为单纯这样的说法，掩盖了罗子君的问题也抹掉了唐晶个人的努力。

罗子君十年婚姻生活并不是没有任何付出，就像她自己说的：做家庭主妇要比坐办公室更累。可是她跟陈俊生社会角色的差距越来越大也是不争的事实。唐晶说，两个人在一起，进步快的那个人，总会甩掉那个原地踏步的人，因为人的本能都是希望能更多地探求生命、生活的外延和内涵。

我不认同夫妻两人必须都要在事业上有所建树并且始终保持同样的高度；但我却坚定地相信，作为一个女人，不管老公是不是能养得起你，你都要有养得起自己的能力，这样才不至于在男人抽身的时候摔自己一个跟头。

剧中的陈俊生说，在他职场上进步和承受的压力都很大的时候，家里的罗子君除了"买买买"就是毫无头脑地去斗争那些"疑似小三"的女人。所以，即便是没有凌玲的出现，也会有"一玲""二玲"的出现破坏掉罗子君的婚姻。

剧中唐晶出现的时候就已经是一个职场成功女性，可是她也曾经是一个刚出校门的职场菜鸟，在工作当中遇到的状况不会比罗子君初入职场遇到的问题少。而那时的贺涵还不是权力无边的甲方老大，不能像现在罩着罗子君一样随时随地地帮助唐晶。所以唐晶的成长之路要比罗子君更艰难，可是她却可以追逐着贺涵的脚印一路成长，成为洛洛她们眼中的女神，也是因为她执着地抱有不肯落后于人的坚定信念。

现实生活中，我有一个女朋友安宁，十几年前，她和她的丈夫大学毕业来到这个城市工作。初入职场，被领导刁难、被客户挤对、遭遇职场"咸猪手"……这些职场小白要经历的事情她一样也没有落下。

其实她是有退路的。她的家庭条件比较优越，她老公说："你没必要那么拼，我能养得起你。"她的公公婆婆也多次说过如果工作不顺利就回归家庭做一个全职妈妈。

没有几个女人在听到"我养你"这句话时还能够保持头脑清醒，安宁是个例外。她依然激情满满地工作着。没多久，她的工作能力得到了领导、同事们的认可，那个屡次刁难她的小领导在她面前也失去了威风；而她"怒折咸猪手"之后更是被单位女同事们奉为英雄。

如今的安宁和她老公一样事业都很成功，两人的生活爱好也很注重品位。工作之余，安宁是个赛车手，听起来就已经帅到爆。在我们同龄人还在为了养家糊口而精打细算、节俭度日的时候，他们夫妻俩可以像"贺涵们"一样为了吃到一口最新鲜的鱼，不惜驱车几百里路；在我们刚刚把丽江、大草原纳入我们的旅游目标时，安宁已经和丈夫、女儿在塔希提岛看珊瑚、在丹麦看小人鱼了……

很多人在说起安宁的时候都会羡慕她嫁了一个好丈夫，有好公公婆婆。可是安宁却说："长期的努力大过最初的选择。即便你遇到一个责任感超强的男人，即便他这辈子都不会离开，但是他会对一个无所事事的妻子保持爱的热度吗？我的公公、婆婆和女儿他们之所以尊重我，也是因为我一直在努力提高自己，他们尊重的是我不断前行的精神。"

安宁的话很现实，假如她自己不思进取，安于享乐，就算她的老公不会像陈俊生一样抛妻弃子，她也不会像现在一样过得潇洒快乐。而很大程度上她丈夫事业的突飞猛进与她有着极大关系——有一个努力前行的妻子，又有哪一个丈夫愿意堕落下呢？事业上并驾齐驱、生活中格调相同，这样的夫妻关系才更有利于两个人的成长。

这一生，得遇良人，你能养得起我，那是你的能力；而需不需要你养，是我的能力。作为一个女人，最好的生活状态是：我有能力陪你一起飞翔，一起成长，一起创造美好生活。倘若不能如意，那就像唐晶所说："若是不能拥有很多很多的爱，那我就去挣很多很多的钱。"

那些轻而易举就成功的人是怎么做到的？

前些日子采访了一个名叫石头的大哥，他老家离我老家的村子不远，兄弟五个，他排行老四。在我们农村有句老俗语："生个儿上了套，生俩儿把饭要，生仨儿上了吊。"说的就是农村里儿子多的家庭日子有多难。

在老家那边，常见弟兄多的人因为日子艰难导致娶不上媳妇，打了一辈子光棍。

因为家里弟兄多，石头初中毕业就没了书读，十七岁参军入伍当了兵。他说那时候选择当兵最根本的原因，就是看到邻村的大哥当兵回来顺利地娶到了媳妇。

入伍后他被分配到遥远的西藏，四年后，他转业分配到新疆某地财政局做驾驶员，娶了一个原籍青岛的媳妇，小日子虽然清贫倒也过得甜蜜幸福。

有一种人总是对未知的世界充满向往，对更美好的生活抱有期望。石头大哥也是这样。

有了儿子后，石头大哥辞掉工作开始创业，十几年后的今天，他在新疆拥有了自己的建筑公司、农业公司、矿业公司。

采访中，我请他讲讲创业过程中的故事。他憨厚地一笑，说："哪有什么故事，就这么顺其自然地走过来了。"

我自己有过创业的经历，无法相信他所说的"顺其自然"，便跑去采访他身边的人。他的司机给我讲了这样一段故事。

他的建筑公司主营业务是修路。有一年给某矿业公司修一条进矿山的道路，道路尚未完工，恰逢雨季，暴雨如注，造成山洪暴发，未完工的道路被冲毁。

他们跟在山里修路的工人都是通过卫星电话交流，洪水暴发后，山里面的十五名员工失去了联系。石头大哥站在雨中看着救援车辆在被冲毁的路上缓慢地推进，员工不停地来报告，与山里仍是联系不上。

雨仍在下，石头大哥一跺脚，叫上几个中高层管理人员穿着雨衣带上干粮徒步进山。冲垮的路上泥泞难行，积雨下面还隐藏着许多水坑，可他们却顾不得太多，深一脚浅一脚地往前走。泥泞难行的35公里，他们整整走了十一个小时。

当他看到十五名员工一个不少地在一个安全的平台上时，才放下心来。因为储存的干粮被山洪冲走了，他们几个管理人员把带来的干粮分给了员工们，他饿着肚子带着员工们往回走。当他们一行人走到半路时，才迎面见到救援车。

　　我去向石头大哥核实，他仍是憨厚地笑，说："十五个弟兄们啊，我不找到人不放心……当兵的时候经常野外拉练，没觉得走那点路怎么样。"
　　原来他所说的没有故事是因为他自己不觉得那叫事儿。
　　没有一种成功是像别人看起来的那么轻松容易，更多的是当事人表面的风轻云淡和人后的诸多辛苦。

　　这世上或许有幸运儿一说，但我更认同所谓的幸运儿是在你看不见的时候做了许多功课。
　　大明星孙俪，2003年因主演电视剧《玉观音》里面的安心一举成名。许多人说，孙俪是因为幸运，一出道就遇到了一个好角色。
　　可是，刚出道时的孙俪也曾在一些电视剧中演过配角……
　　是的，你只看到了她主演《玉观音》之后声名大噪，接二连三地出演了诸多电视剧的女主角，却没看到她成名之前所经历的一切。
　　六七岁，别的孩子放学后玩耍的时候，她在少年宫里学习舞蹈。台上舞姿翩翩，台下小小年纪的她抱着跳肿了的双腿悄悄流泪；十一岁的时候，别的孩子还在被家长娇宠着自认"我还小呢"，她却跟着舞蹈团出访英国、美国、日本……一路生活日常大多都是自己打理。初中毕业，别的孩子尚需要被督促着学习，她已经进入上海警备区战士业余文艺演出队，除了日常演出，更要接受艰苦的军事训练……

  人生都有 AB 两面，A 面有多风光，B 面就有多少辛酸。正是这坚持不懈的努力，才让孙俪的成长之路看起来顺风又顺水，或许只有她自己才能说清那些荣誉之后隐藏着多少不为人知的艰辛。

  梦想的路虽然难走，但埋头前进，我们终有一天能将这条路走完。成功之前的日子或许很苦，但我们为成长所付出的每一滴血汗都会被岁月收藏。也许就在下一个转弯，缀满甜美果实的枝头就已经触手可及。

你以为你还是个小姑娘啊？没错，是的！

在有些人眼里，甜美的娇羞、高兴时欢呼跳跃、不开心时哭泣流泪都是年轻小姑娘才会做出的反应。似乎过了二十几岁的人就应该过着古板而又枯燥的生活，不管遇到什么事情都是一副不关我事的样子，大多数时候还应对别人指指点点：你看这个谁谁谁啊，这么大年纪了，还做那样的表情，还穿成这个样子，还以为自己是个小姑娘啊。

我真是好奇怪呢！凭什么年纪大了就不能可爱？就不能活泼？凭什么年纪大了就不能有兴奋激动的表现和脆弱难过时的低落呢？难道所有年纪大的人都该常年挂着一脸冰霜、像个幽灵一样隐匿在一边儿冷眼斜视世界？

世上总有一些这样的人，他们压抑着自己内心的渴望，却又做出鄙视的样子对待他们羡慕的人。如果你这样回复他们，他们又会做出不屑一顾的样子说："装可爱扮嫩，有什么好羡慕的！"

拜托，我们就是拥有一颗少女心啊，我们觉得这样的生活超有乐趣呢！不服你也嫩啊！

我们圈子里有个大姐姐姓狄，她就是属于超级有少女心的代表。性格活泼，跟二三十岁的人也玩得来，跟六七十岁的人也能说到一块儿去。虽然年龄已经过了四十五岁，但她身材仍然保持着如二十多岁时的苗条，喜欢精致的装束，发型也很年轻，整个人从头到脚洋溢着藏不住的精气神儿。

狄姐对谁都热情，每年见面不过两三次，每次见到，她都会拉着我的手问长问短：家里老人身体怎么样、宝宝是否听话、老公最近忙什么……回答的时候，她亮晶晶的眼睛看着我，听到高兴处，她会像个小姑娘一样捂着嘴说"哎呀！真是太好了！真为你感到开心"；听到不是特别好的消息她会拉着你的手、抚着你的背说"别难过别难过，我们一起看看有什么解决办法"。

狄姐是个小单位的头头，据说当年提拔的时候她并不是特别符合条件，当公布她上任的消息后，外界也有人说三道四。可是狄姐上任后的四五年里，单位工作安排得井井有条，她多次被评为先进个人。

圈子里还有一位J大姐，跟狄姐差不多年纪，是截然不同的性格，她不喜欢狄姐，对我们每个认识狄姐的人说狄姐虚伪、对人假热情、会讨好领导，所以才提升到现在的职务……

一次圈子里搞活动有聚会，吃饭的时候她又当着十来个人说起狄姐，仍是老一套说词。一个朋友实在没忍住，说了句："也不见得是假热情吧？最起码我们也没见她伤害过谁啊！"J大姐顿住话题，斜眼看了一眼说话的那个朋友，非常不自然地转过身去同她旁边的另一个人继续说话："还当自己是个小姑娘呢，天天打扮得花枝招展的，一说话就捂着嘴笑，装嫩扮可爱……"

我倒是觉得，即使是假装的可爱也比真正的恶毒要来得受人欢迎。更何况她们的热情即使有些夸张，也只是出于一种习惯，对人对事根本没有任何妨碍。虽然她们中有人也会为了个人进步而做出一些过于积极的争取，但总好过那些表面不屑却暗地恶语中伤他人的坏角色。

认识一个大哥，每次见他都一副笑眯眯的模样，也常听人说他和他家媳妇感情很好，家庭非常幸福。后来我们认识了他家媳妇，并不是想象中貌若天仙的样子。孩子都要上大学了，但她每天仍然过得很热闹，可爱得像个不谙世事的小姑娘。她在一个单位做销售，人勤奋又有亲和力，业绩简直好到爆——据我所知她已经连续五六年是业绩"一姐"了，年薪超过五十万元，在我们这个小城绝对的算是高薪了。

前几天见面，她穿了一件连衣裙，问我好看不好看。那件衣服非常适合她，我由衷地说确实好看。她开心地笑，说："过几天要去参加一个活动，要上台领奖，这是让你哥买给我的，算是家庭奖励。"

我说:"你都年薪五十万了,还为了条裙子这么开心啊?"

她说:"从结婚以后,每次觉得自己做了一件比较棒的事情的时候,我就会让你哥奖励给我一点小礼物!这二十年来,就这样,工作、生活一点一点地越来越好了。"看我听得入迷,她又略带夸张地说:"回头你也试试吧,真的好管用哟!"

不管是不是刻意所为,至少在我看来,她们这样的人从来没有因为年龄的变化而失去对生活的激情和对身边人的热情,她们一直保持着一颗年轻的心,自我取悦并且转化成满满的正能量影响着家人和身边的每一个人。

生命如水,每一段生活都有每一段的美,从来不曾觉得人的某些表现和某些动作是属于哪个特定年龄段的。随着成长,人总会一点点褪去稚嫩而增添几分成熟,可是总有一些幸运的女人仿佛被生活的刻刀遗忘,而保持着年少的纯真和对生活的热度。我总觉得,她们才是最应该被羡慕的存在。

爱情也有保质期

电视剧《我的前半生》里有一个情节：贺涵拿出唐晶当实习生时送他的酒与唐晶、罗子君三人对饮。能把一瓶红酒当宝贝珍藏十年，可见贺涵对唐晶也是用情颇深。一瓶红酒放置十年之后味道是更好还是会更坏谁也不能确定，可已经明了一切变化的唐晶却在借酒叹息："这酒还是不行，不是什么酒都能放得住十年的。"

一对职场中的男神、女神，一段完美的爱情，也仍敌不过时间的辣手。就像贺涵曾经对唐晶说过：不管你走到哪里，只要你想回来，我永远都会在这里等你。可是时过境迁，最后这句话他又原封不动地送给了罗子君。

唐晶心如明镜，也只是借酒叹情，她深知情都可以变质，又怎会苛责一瓶酒？

时间真是个坏东西，它给你的每一样东西都有保质期，过了期限，你再珍惜再留恋也握不住它们流逝的手。青春容颜会变老，让美人失了颜色；甜蜜爱情会变淡，曾经爱你的人会像风一样一去不复返。

我有一个小朋友，叫彩蓝，二十岁，她如阳台上玻璃翠一样鲜艳、富有生机。彩蓝遇到了初恋，正在热恋期的女孩心思细腻，把男友送的每一件微不足道的小礼物都当成宝贝一样珍藏。

热恋的三月，男友送了一筒 VC 泡腾片给她，说是他父亲出国时带回来的，让她拿去冲水喝。他抚着她娇嫩的唇爱怜地说："看你，不知道多喝水，唇都干裂了。"

回到家，彩蓝对着化妆镜抚摸他吻过的唇，那唇比泡腾片的橘红盒子还要艳丽一些。恋得天昏地暗的时节，她对于深爱着的人——男友说的每句话都是对的，是甜的。这筒泡腾片她一粒也没舍得喝，放在了一只箱子里——那里面全是男友送她的礼物。这些东西，她不舍得拿来用，只是在见不到男友的时候，经常独自一人把这些宝贝拿出来，看看，再放回去。

热恋情浓时，彩蓝以为他们会相守一生，像父母一样结婚生子，然后一起慢慢生了白发，含饴弄孙。可是，才一转眼，男友便牵了另外女孩的手走了——一个男人说爱你的时候是真的爱，可当他说他爱上另外一个人的时候，也一定是真的不爱你了。

送礼物的人已远去，那些礼物便成了伤心往事的遗证，箱子丢在床下面，看也不愿再看一眼。

后来搬家，她故意把那箱子遗在角落，却被弟弟给带上了车。她只好又把它丢在新家的床下面。

枫叶红了、落了,又是一年。当她终于走出失恋的阴影,重新找到爱的男孩,他却回来了,哭着说他的想念。看他流泪忏悔的样子,她很想心软,可他曾经离开时的绝情背影又让她如鲠在喉。

回到家,她打开床底下的箱子。一条过时的纱巾、一个生了锈的发卡、一条蒙了灰的珠链……还有那一筒未曾喝就已过期的泡腾片,每一样东西上都有着记忆里爱情的影子。拿起它们,她便想起从前和他的一幕幕场景。

这些东西,在他送她的时候正流行,却因为太喜欢、太珍爱而不曾使用。当他走后,她又因为伤心不愿使用而束之高阁。

《重庆森林》里金城武曾经说过:"不知道从什么时候开始,在什么东西上面都有个日期。"每样东西都有它的保质期,爱情更是如此,两个人爱到情深可以忘了整个世界,可当其中一个神思恍惚游离在这个小世界之外的时候,他们的爱情就已经开始变质。

我们最大的敌人,不是第三者,而是时间。爱情蒙上时间的灰尘,就像这些珍藏的宝贝,只能永远地锁在这箱子里,偶尔打开看看,却已经毫无用处。一如唐晶的酒,十年不曾让酒更浓,甚至让酒变了质改了味道。

有很多时候,我们以为在看别人的故事,却不知道,自己也成了别人眼中的故事主角。这一生,时间太短,如果你真的喜欢一个人,一定要紧握他的手,别等到他给你贴上过期的标签时才醒悟,以免追悔莫及。

别等了姑娘，他所谓的时机不对只因想娶的不是你

最近几年已经很少听到非谁不嫁、非谁不娶的事情发生了，可前几天朋友嘉嘉找我，说她的小妹失恋了，在家里又哭又闹、寻死上吊，要我当一回情感导师去开导开导她的小妹。

下班我先给孩子喂了奶，然后又赶到嘉嘉家，天色已经很晚。闷热，仿佛只要一伸手就能把天上的云挤出水来。嘉嘉正在眼巴巴地等我来，小妹坐在客厅的沙发上，红肿着眼睛。看到我进了门儿，稍稍动了一身子，却又转过脸去趴在了沙发上。

还没想明白呢？我说。

小妹不吭声，抽动了两下肩膀。

还想嫁他？那你说说他哪好？

小妹依然没吭声。

我站起身来，对朋友嘉嘉说："走，拿把刀来。我就不信，刀架在

脖子上，他还是不娶。"

小妹哇地哭出声来，说："你们不要给我丢脸了，好吧？"

小妹是嘉嘉的亲妹妹，丹凤眼，尖下巴，颇符合我的审美观。她比嘉嘉小七岁，从小跟在我们屁股后面叫着姐姐、姐姐。二十三岁那年小妹毕业，提亲的不少，条件优越的男孩也很多，可小妹偏偏看中了自己的高中同学小建。

这个小建长得倒是一表人才，可总是一副高冷模样。我在嘉嘉家见过他很多次，他都是点个头儿就站在一边儿，面无表情地等着小妹跟他走。

我和嘉嘉怎么看他都不顺眼，总觉得这小子不是一个可以托付终身的人。可是小妹喜欢，我和嘉嘉劝不住，也只能随她去了。

正所谓情人眼里出西施吧，小妹喜欢小建，她常常跟我和嘉嘉说小建有多聪明、有多优秀。其实，小妹眼中那些聪明、优秀，在我和嘉嘉看来，不过是寻常人都能做到的小事儿。

小妹认识小建一年半的时候，我问起小妹两人准备什么时候结婚。小妹一脸憧憬，说："小建已经辞职创业了，小建说等他经济条件好了，两人就举办一场盛大的婚礼。到时候把所有的亲朋好友都邀请过来见证他们的幸福时刻。"

嘉嘉很诧异地问："他辞职了？什么时候的事儿？你怎么也没说呢？"

小妹说:"小建让我先对你们保密,到时候好给你们一个惊喜。"

那个时候我突然就有一种预感,他所谓的惊喜,有可能隐藏着一个让人大跌眼镜的惊讶。

德州不大,有些事儿一打听就能知道个七七八八。原来小建并不是想要创业才辞职,而是因为在单位虚报费用、挪用公款被领导发现了,不得不辞职。

如果说高冷傲娇只是让人生厌,那挪用公款可是人品和做人底线的问题。

嘉嘉告诉了父母。父母坚决反对小妹和小建继续往来。可是小妹却珠泪涟涟地告诉父母,她已经认定了小建,非他不嫁。

父母再坚决的心也难敌女儿的两行清泪,无奈,只能默认。

小建创业三年多,生意一直不见起色。小妹从二十三岁陪着他,一直等到二十八岁,成了别人眼中的老姑娘。小妹不仅还没等来她的盛大婚礼,反而还要时不时地从自己工资中拿钱出来贴补小建。

小妹跟了他五年,却连一个节日礼物都不曾收到过。为了体谅小建所谓的创业艰辛,小妹还时不时地自己花钱给小建买衣服、买手表,甚至连小建用的洗面奶都是小妹给她买的。

小妹盼呀盼呀,可她的意中人还是没能成为一个盖世英雄驾着祥云来娶她。

于是她跟小健商量，盛大的婚礼不要了，也不要彩礼，两个人就去旅游结婚，甚至也可以不旅游，只是领个证结婚就行。小健却说，时机不合适。他要凭自己的本事赚许多钱，给自己喜欢的姑娘一个最完美的婚礼。

可事实证明，这真是一个男人不想娶你时最完美的借口。

小建越来越忙，忙得甚至一个月都没时间和小妹见面。小妹打电话找他，小建说自己在和本地一家大公司谈合并的事情，中间有诸多不顺利的地方，所以没有时间陪她。小妹打电话次数多了，小建就烦，说一大堆自己创业多么不容易，小妹不理解他、要分手之类的话。

小妹慌了，自己从二十三岁已经等到了二十九岁，女人实在没有几个六年可以如此浪费。若是再换一个对象，从头再谈起，不知道又要几年光景。

为了帮助小建，小妹托单位领导帮忙，找到了小建提过的那个大公司的总经理。

总经理是个二十七岁的女强人，叫雯雯，继承了家庭产业，是现实中的"白富美"。小妹在雯雯敞亮的大办公室里说明来意，雯雯却惊讶地问："你跟他是什么关系？"

小妹不好意思地说自己是他的女朋友。

雯雯却甩出一本结婚证，上面赫然是小建和雯雯的合影，领证日期是一个多月以前。而且雯雯还说，他们下个月就要举行婚礼了，她不管小妹以前跟他怎么回事，但是今后希望小妹远离她腹中孩子的父亲。

原来，小建所谓的公司合并其实是他和雯雯两人的结合，半年来见不人影是去忙碌着追求"白富美"了。

所有的情感故事里被辜负的那一个往往是付出最多的那一个。

《天龙八部》里，王语嫣因为表哥热爱武功，为他熟读各派武学秘籍，能看出各家武功的招式，所以她的表哥慕容复带着这个不会武功的表妹行走天下——她可以在慕容复遇到危险的时候提醒他如何应敌。

王语嫣一心钟情于表哥，可是慕容复却为了兴复大燕抛开王语嫣去争取西夏驸马的地位。小说里慕容复最终复燕无望而变得疯疯癫癫。花心男追求"白富美"而不得，转而回头祈求同甘共苦多年的女友，却被女友的朋友们痛骂唾弃是我们最乐于见到的结局，可现实却是小建头也不回地"嫁"进雯雯家，攀上枝头做了"凤凰男"。

所以，那些痴痴等待的姑娘们啊，结婚这件事哪有什么对的时机，一个男人如果真的爱你，就算前面是刀山火海，他也会有勇气拉着你冲过去；而一个男人如果不是真的非你不娶，天要下雨、地上有泥都能成为他不娶你的借口。

你有多热爱,生活就有多精彩

在我生活的这个小城,有一个只见过一次面的文友,栀子姐姐。在三年前的一次文学活动中,我们互加了微信。两个多月前,看到她在微信朋友圈里发了一张昙花盛开的照片,配着文字:家里的昙花开了。

我回复:好漂亮啊,我还没有见过真正的昙花呢。

她很热心地回我:很好养的,我帮你育一盆!

产假结束,我就上班了,刚上班的日子,工作、孩子,手忙脚乱,我早已经把这件事情忘在脑后。

那天,栀子姐姐在微信上发了一张照片给我,说,你看,帮你培育的昙花,已经长了这么大了,你什么时候来拿呀?

那一刻,我有些许的感动。我随口一提,她却把这件事情放在了心上。

开车穿过半个城市到城西去找她拿花。快到她家,我打电话给她问路,她说:"我就在路边等你呀,你看到我了吗?"

我搜寻着路边的每一个身影，几年未见，对她的模样已经记不太清楚。每一个人都像她，却又每一个人都不像。突然她在电话里说："我看到你的车了，我就在路的左侧，看到了吗？"

前方一百米，路的左侧，站着一个穿白裙子的人，捧着一盆花，是她。

接过那盆绿叶宽大的昙花，我随口问了一句："姐姐，你在哪里上班呀？"她说："我不上班，已经退休了。"我很诧异，她看起来不过四十多岁的样子，怎么就已经退休了呢？

她看出我的疑惑，笑了一下，指着头说："这里动过手术，提前病退了。"

那个周六的上午，我们两个人，站在德州的路边，握着手，聊了一个多小时，于是有了今天这个让人感动的励志故事。

栀子姐姐年轻的时候，在城东的一个空心砖厂上班。她很能干，车间里的年轻人几乎没有能比过她的，永远排名第一真的是一件让人感到很乏味的事情。不知道你们还记不记得周星驰电影《美人鱼》的宣传曲《无敌》中的一句歌词：无敌，是多么寂寞。栀子姐姐那时候就是这么一种状态。

车间里的工作又脏又累，但也并不是每天都特别忙。有时原料供不上了，他们就溜出厂外去逛街。董子文化街上有卖旧书的，一摞一摞地摆在地上，论斤称着卖。栀子姐姐他们常常去一捆一捆地买书回来看。

现实的艰难显而易见，但生活的美好也触手可及。在栀子姐姐看来，空暇时读书就是生活里最美好的时光。

字里乾坤大，书中日月长。没几年，家里的储藏室就满是她买来的旧书了。幸好，丈夫的薪水那几年节节攀升，对她的"败家行为"也没有阻拦过。看了几年书，她开始学着自己"写诗"。这一写还就写出了"瘾"来，没多久，厂里的工友都知道从前那个干活麻利总得第一的栀子姐姐开始写作了。厂里的领导听说后，像是挖到了宝，每次一有写文字的工作就去车间找她，还特别许诺她："写东西的时间按全车间最高的工作量给你算。"

在她三十六七岁那年夏天，她发现自己视力下降得特别厉害，没过多久，她发现眼睛在转动的时候也产生了障碍。半个月后，她的眼睛只能向前看，侧方的一切东西都看不到。再后来，她头也晕得厉害，可她依然没当回事儿，仍旧每天骑行十三公里从城西跑到城东去上班，直到有一天她支撑不住起不来床。

躺在床上她想翻身都有心无力的时候，心里一度有些恐惧，可她又宽慰自己：我这么年轻，能有什么事儿呢，一定是最近过于劳累导致的。

被家人送进医院她才知道，自己得了颅内脂肪瘤，越长越大的脂肪瘤压迫到视神经，才导致她一系列的不良反应。不幸中的万幸，她得的是良性肿瘤。医生说："动手术，越快越好。"

哥哥请人从北京约了专家来给她做手术，被推进手术室的时候，一路她数着头顶上模糊的照明灯，女儿跟着小跑，叫着妈妈。栀子姐姐深吸一口气："不管怎么样，为了女儿，要活着。"

手术进行了二十几个小时，清醒过来的栀子姐姐看到一左一右静静地趴在床边丈夫和女儿，含着眼泪欣慰地笑了。

工作已经不能胜任，厂里给她办了病退手续，赋闲在家的栀子姐姐又拾起了自己写诗的爱好。那一年多，写诗成了她的精神支柱。她说："就算恢复不了也没关系，躺在床上也能写诗。"

瀑布对悬崖无可畏惧，所以能唱出气势磅礴的生命之歌。有多少人面对这样的情况早已经吓倒，可是她却咬着牙给自己打气，锻炼、写诗、看书。她用了一年的时间恢复到行动自如的状态，也写出了几百首诗歌。而她的哥哥发现她写的诗后，更是格外支持她的爱好，为妹妹介绍了自己在大学读书时的中文老师教她写作。可是，真正有老师指点之后，她才发现，自己之前写的那些，有许多只能算是打油诗。

挫折对有些人来说，是不能承受的生命之重。可对栀子姐姐来说，挫折却使她燃起一团不服输的火苗。她买了许多古诗词方面的书来读，甚至《红楼梦》里的大部分诗她都能倒背如流。苦心人天不负，再下笔，她如有神助。这几年来，她的许多诗作发表在《诗刊》《星星》等国家级大刊，一沓沓样刊见证着她的付出，也彰显着她的实力。

有很多时候，不是我们说不要就能够拒绝生活降给的磨难，可即便如此，我们依然无比热爱着那充满未知的生活，因为我们知道，挺过了那段痛苦，必定会有一个更精彩的人生。

莫道前情难忘，难忘的只是年少时光

前天和几个女朋友约好了一起下班吃饭，和楠楠阿乔两人先会合，又到小琳单位门口等她下班，车子外面，一个个子不算太高的男人探头探脑地往大楼里面看。

楠楠说："这个人是来找谁的，怎么这个样子？"

阿乔说："不太像来找人，倒像是来偷东西的。"

我们几个在车里小声窃笑。这时，小琳从办公楼里快步走出来，那个鬼头鬼脑的男人却疾步迎上去。我们大惊失色，生怕小琳吃亏，赶忙下车跑了过去。只听到那男人正结结巴巴地对小琳表白："分开这么久了，我没有一天不在想你……"我们这才惊讶地发现，原来，这家伙正是小琳已经分手一年多的前男友陈翔。

说起小琳的这个前男友，我们全是一肚子的气。当初小琳和陈翔恋爱时都在某个县里工作。小琳的家在市里，陈翔说，他父母种地把他供养成大学生不容易，他不能窝屈在这个小县城一辈子。于是小琳重拾书笔，准备和陈翔一起考回市里工作。小琳已经把陈翔当成了自己生命中的另一半，虽然有了考回市里的打算，却依然事事以陈翔为重，每天下班仍旧热衷于给陈翔烹饪美味、收拾家务。第二年的公务员考试，小琳落榜，可陈翔却如愿地考到了市里某单位。

陈翔的家不在市里，小琳的妈妈把陈翔当成自己的儿子一样对待，让他住在自己的家里，每天变着花样给他做丰盛的一日三餐。那段时间连陈翔自己都说他胖了不少。

第二年的公务员考试，小琳因为紧张，再一次落榜。陈翔一边安慰小琳说慢慢来，自己可以等她，一边却又偷偷地和他单位新分来的小姑娘搞起了暧昧。直到有一天，两个人手牵手逛商场的时候被琳妈妈给撞了个正着。

小琳说，她接受不了这样的背叛，决定分手。可陈翔却说，他不想分手，他只是一时糊涂。小琳不语，冷眼旁观。陈翔虽说不想分手，一个月来，他跟那个女孩却并没有断绝联系。于是，晓琳和陈翔划清了界限。

和陈翔分了手，小琳却时来运转，去年，小琳考上了市里某部门的公务员，回到市里工作。

小琳和陈翔从分手后再也没有见过面，今天陈翔再次出现，让我们也非常意外。吃饭时我们追问小琳，小琳沉默了一会儿说："他说以前的美好时光……他说他是一时糊涂……他说他还在想着我……他说只因当时那个女孩怀孕了，他没法跟那个女孩分手，所以只能结了婚。还有，他说他忘不了我，他给她的女儿取名，叫——小琳。"

我们其余三个人大喊：我 ×！

这小子是从哪部电视连续剧里抄来的狗血桥段！

阿乔反应快，马上说，她曾经在网上看肥皂剧，有这样一段场景，女主角小雪，在街上偶遇初恋情人，寒暄几句正要离去时，男子的妻子远远过来，嘴里喊着女儿的名字："小雪……"被称作小雪的女孩儿从爸爸怀里转扑向妈妈，母女搂着亲昵着。女主角震惊之余，转身离去时眼里闪过一抹忧伤。

去年的时候，我在网上偶遇同学姐姐之前的男友，获悉他刚刚喜得千金，我道着恭喜，他却问我："你知道我女儿叫什么吗？"心里虽然已经猜个八九不离十，却还是故意问："叫什么呢？"

他发过来两个字："小葵。"小葵正是同学姐姐的名字。虽然已经被我猜中，但是在我心里还是引起不小的感触。我知道，他既然眼巴巴地在网上告诉我这些，必是希望同学姐姐知晓，他是如此深爱她，即便是她早已嫁作人妇，他仍愿意每日里喊着她的名字："小葵，小葵……"

我没有去告诉小葵姐姐，因为我怕她也会像电视里的小雪那样忧伤。

但后来她还是知道了。事情便同肥皂剧的剧情一样发展下去，女人都愿意相信男人是爱自己深沉，才愿意给他女儿冠以自己的名字。小葵开始后悔自己没有嫁给那个"深情"的男人，对丈夫则是日渐挑剔，再后来夫妻双方便经常吵架、冷战。最后，小葵的婚姻彻底解体。

可是，小葵的前男友却并没有像她期待的那样前来安慰，反而更加远离了她，偶尔出现在她的视线中时，也是手挽娇妻、怀抱女儿一副其乐融融的幸福家庭景象。

我对小琳说，我相信，一个男人愿意给女儿取初恋女友的名字是因为曾经深爱过；可是我也相信，那些深爱，必定会随着时间的流逝慢慢蒙上灰尘，就像家中角落里堆放的生日礼物，偶尔拿出来打开看看，却依然只能放回原处让它继续慢慢等，甚至直到搬家嫌其零碎而丢弃的那天，也不曾用得到。

年少朦胧的爱恋虽然是心头最美的记忆，初恋爱人却绝不会是心里永恒的第一。虽然他为女儿取了你的名儿，可是随着时间流逝，孩子渐渐长大时，父女感情、夫妻感情早已超越初恋情人在其心中的位置。

如果有一天你得知初恋男友给他女儿取了你的名字，相信我吧，其实，他心里真正不能忘却的只是自己难以重来的年少时光。

若是可以哭,谁愿意勉强笑呢?

网上有句心灵鸡汤语录:爱笑的女孩运气不会差。

许多女孩子听信了这句话,每天咧着嘴,就差把小舌头笑出来给人看了——比如我。

可生活如大海行舟,总归不是那么一帆风顺,风雨飘摇时有,起伏跌宕时也有,总有一些时候会让你哭得特别有节奏,可是转身见了人,仍然一抹眼泪习惯性地咧开嘴笑。

几年前,那时我在自己创业,有一天从早晨起来就格外不顺利:先是一早着急出门办事儿车却被一辆陌生车辆堵住了,打了车上留的电话,足足等了十七分钟一个女人才磨磨蹭蹭地带着孩子下楼来挪车;到了办事儿的地方,办事儿员说我少填了一个表格;等我回来打印了填好再过去,又发现少了银行的一个手续,一看表,已经接近十一点,显然上午事情是办不成了。

下午只得又跑了趟银行,二三十个人的大长队排过去,好容易轮到我，一个满脸横肉的男人竟然加塞儿挤到窗口问事儿。我几次怒从心边生，但是看着他一脸凶相，只得认了怂，幸好银行大堂经理过来把他"请"走了。

办完事儿回到公司，遇到一个特别挑剔的女客户，给她做的形象宣传方案已经更改了十六次细节，可是她仍是一连串的不满意，也找不出具体不满意的地方在哪里，只是不停地说："你们这团队太年轻啊……你们经验好少呀……"明明是本地人，却一嘴的港台腔，各种方言糅在一起啰唆个不停。

其实我也知道，她所谓的不满意不过是想为少付钱打预备而已，可是我却突然失去了耐心，跟她说："这份方案送给你了，钱我们不要了，但也不会再改了。"她心满意足地离去，我却突然崩溃，泪水夺眶而出。

那天有个晚宴要参加，去了后见到很多熟人，见面后相互寒暄着落座，突然左手边一个熟人转过身笑着对我说："彦花你笑得真难看。"或许他是开玩笑，也或许是因为太熟悉了所以才有口无心地直言。可是那一瞬，我突然感觉自己比一只小狗还要可怜：就算已经委屈到极点也要收拾好所有的心情去独自面对这个世界。也就是从那时候起，我再也不想创业当女强人了。

哭与笑，都是人内心情感的外在表现，可事实上，成年之后的我们更多时候都以笑的面具示人，别说随自己的心意用哭来表达情绪，连一丝烦恼的表情都不敢轻易往脸上挂。

梅姐是我同学的邻居，四十五六岁的年纪，一头长发绾在脑后，说话声音很甜很温和，我对她说："梅姐，像你这样的女人一定是岁月的宠儿，未经波折，不受风雨。"她却给我讲了一段往事。

梅姐三十岁那年，她丈夫得了重病，有两三年的时间卧床不起，无奈中，梅姐只得咬牙接过了丈夫的钢材生意。跑业务的时候她十趟八趟不厌其烦，遇到难结的账款她更是一次次赔着笑脸前去结算……总之，做生意所有该遇到的难题她一样也没落下，甚至因为她是女人、是商场上的新手而受到更多的刁难。

有一年夏天，她去一个厂里送货，送完货结了两万多元货款，全部是现金。跟货车司机结完运费后已经接近正午，她自己开着旧捷达车往回走。一路上热浪滚滚，旧捷达的空调坏了，她把所有车窗摇下让汽车行驶带起的风吹进来。走过一条小路的时候，两边都是青青的玉米地，嗅着已经抽穗的玉米清香，算着刚送的一车货能赚多少钱，她一边开车一边开心地哼起小曲。

拐过一道弯，她蓦然发现前面不远处，两个光着膀子的彪形大汉站在路边远远地招手。在前不着村后不着店的地方拦车，她估计这两个人没安什么好心。她迅速腾出左手摇上了左边的车窗（那时候的车窗还都是使用摇把），来不及思考其他，她轰大油门嗖地蹿了过去，身后远远传来两个男人的骂声。

她不敢回头看,一路飞车回家,下车的时候两条腿都是抖的。可是回到家,看到躺在病床上的丈夫,她却只能收起所有不好的情绪,温声细雨地告诉丈夫今天赚了多少钱。然后,她又赶紧进了厨房一阵忙碌。给丈夫喂过午饭,等他睡了,她才躲进卫生间里开了水龙头捂住脸痛哭了一场。

如今梅姐的丈夫在她的悉心照顾下早已经恢复健康,重新接过了生意,而梅姐亦甘于退居幕后开心地做自己喜欢的事情。如今的幸福仿佛让曾经所经受的一切都可以忘记,可是梅姐在说起这些的时候,她眼中的泪光却告诉我,那些心酸往事她从来都没有遗忘。

一个人遇到了伤心难过的事寻求安慰,得到的顶多是"笑一笑",从没听说有人劝你"哭一哭"的,于是,更多时候的我们都是在咬着牙坚持。

常言说,百炼成钢。咬牙坚持过去之后,我们确实成长了许多,可是,回头再看之前的经历,仍然会想:如果那时候有个温暖的去处、有一个可以让你放下一切伪装痛哭一场的人,或许多少年之后的我们再回忆起前行的路时,不会有那么多心酸、那么多感慨。

这一生,愿你所有的笑都是发自内心的,亦愿你难过时有温暖的怀抱可以依靠着哭。

你连自己能干什么都不知道，别人怎么帮你？

前两天，一个朋友很苦恼地说："老家一个十几年未见的同学让他帮忙找工作。"

朋友问他："你想找什么工作？"

年近四十的同学说："什么工作都行。"

朋友问他："你以前都干了些什么？"

他说："在集上摆过几年摊儿，还在建筑工地上做过小工，跟着装修的队伍刷过墙漆。最近环保查得紧，活儿少了，听说你在德州混得挺好，想让你帮我找个坐办公室的工作。"

纵是朋友见多识广，听到这伙计的话也是"目瞪口呆"，问他："你以前做过办公室的工作吗？会电脑吗？都会哪些？"

他朋友一脸茫然："我不会，这不才来找你嘛？"

他的朋友言外之意是：你在德州混得那么好，帮我找个坐办公室的轻松工作，应该是分分钟可以办到的事吧？

朋友是个热心肠，来到德州这么多年，家乡人来德州找工作、做生意，他都给了许多帮助，可是这一次，同学的要求让他很为难。

朋友说起几年前的一桩旧事，老家一个拐了不知几道弯的侄子来寻他帮忙找工作。

朋友问他："想找个什么样的工作？"

侄子的回答也是如出一辙："什么工作都行。"

考虑到侄子刚刚初中毕业，也没有什么工作经验，于是朋友就帮他在一个机械厂找了一份车间的工作，顺便跟厂里的老总打了个招呼，请他帮忙培养一下这个侄子。厂里的老总因为跟朋友关系很好，也答应得非常爽快，说会培养他往技术方面发展。可是没想到，刚刚上了十几天班，侄子就招呼也没打，收拾铺盖罢工回家了。

他打电话问侄子，侄子却连电话也不接，侄子他妈——那个远房弟媳在电话里回复说："家里托人给孩子在县城里安排了坐办公室的工作，谢谢你的好意啦！吧啦吧啦……"然后挂了电话。

等到过年回家，听到亲戚们说起此事朋友才知道，远房弟媳跟亲戚们说了一个遍"早就听说他在德州混得那么好，孩子那么小，投奔他去了，却随随便便塞到一个厂里干脏活累活，不是亲叔叔就是不行啊！"

因为这件事，朋友有几年很谨慎地不敢帮任何人找工作。他说："在老家人眼里，我混得已经挺好了，有铁饭碗，当着一个不大不小的官，可是我手里这点小权力，真要办起这些事儿来，只有我自己心里清楚，我也是需要去求人。老家的人找到我帮忙找工作，我只能是硬下头皮去求人。可是最怕遇到那种自己不知道自己能干什么，说做什么工作都行，结果找了之后，却一万个不满意。我帮了忙，最后，还得罪了亲戚。"

我从工作以来，因为各种情况，陆陆续续换了好几次工作。其中有三次工作，是亲友帮我找的；其他工作都是我自己从网上搜到或者辗转打听到，然后跑去应聘的。从我的经验来说，找一份特别顺心如意的工作很难，但如果想找一份能养活自己的工作还是非常容易的，所以，如果不是实在没办法，还是不要把找工作的大权交到别人手里。

那年刚来德州不久，打听到一个大公司待遇挺高，恰好那老总是我爸的学生，当时我已经考到人力资源管理的证书，于是便让我老爸去求人家在厂里的人力资源部安排个工作，最不济编厂报也行。可我爸是那种特别不愿意求人的人，给人家打电话只简单说了一句方便的话请给安排个工作，既没说我的特长也没说我的专业。

人家老总还挺给面子，既不知道学历也不知道工作经历的情况下给我安排了一个不用在车间的岗位——统计员——据说是厂里近千名在车间工作的女性梦寐以求的岗位。可是，这工作每天要接听两百个以上的询价电话，要求能迅速按照业务员在电话中说出各种配料比例、核算出某种纱的价格。对于我这个喜欢在安静的环境里慢工出细活的蜗牛来说已经是个不小的挑战；而对于数学成绩常年稳定地保持在及格线以下的我来说，这确实是一个重大挑战！让我最最害怕的是催促——不停地催促。"快点快点，客户等着要呢……你到底算出来没有啊？"完蛋！一催肯定算错，下一通电话再接起便是被劈头盖脸地数落一番，让你想死的心都有。不到一个月，几近崩溃的我便灰溜溜地辞职滚蛋。

  我对朋友说："因为我能力小，所以来找我帮忙找工作的人不多；偶尔有，我都会告诉他，有哪些职介网站是正规的、可以帮助到他的。"
  想要求人去找工作的，大多数是自己的能力与想要的工作不相匹配的，所以，那句"什么工作都行"不过是应付，如果你真的信以为真，帮他找了一份看起来与他技能相当的工作给他，十有八九，工作他干不长，你们关系也处不长了。
  朋友问我："那我该怎么办？"
  我笑着说："我哪儿知道你该怎么办？我没到你这份儿上，我也没遇到过这种事儿，不如，你让他看到这篇文章，就该明白你的难处了。"

  玩笑过后，再来说点有价值的，比如，如何求人帮你找工作吧。
  首先，你要明白你自己能干什么，你想要什么样的工作，最好说明白具体岗位，不然帮忙的人不明白你想要的，既浪费了别人的热心又浪费了自己的时间；最重要的是，你想要的工作与你能干的工作不要相差太远，以免给帮忙的人造成困扰。

其次，你要有达不到期望值的接受能力。帮你是情分，不管是否能得到心仪的工作，请心存感恩。即使再不喜欢，请明说并按规章制度请辞，不吭一声卷铺盖走人会让中间人很为难也很丢脸，这不是你找工作必备的条件，而是你做人最基本的素养。

举手之劳而已,你自己为啥不举?

前几天一个画家朋友发了条朋友圈:你向4S店的朋友要过车吗?向房地产公司的朋友要过房吗?向银行上班的朋友要过钱吗?都没有!那么,你为什么要向画家要画呢?

这条朋友圈儿下面有好几个我们共同的朋友点了赞,看来大家都是深有感触。

跟画家聊起来得知,原来他一个经年未见的同学,找上门来索画,据说是单位调整,他要拿去送礼,还点名要画家的得意之作《凌霄》。画家说最近手头没画,别说《凌霄》,其他画作也因为一个公益活动,全捐去做展出了。同学仍嬉皮笑脸地说:"画画对你来说是举手之劳而已。你现在给我画一张,我等着干了拿走也行。"画家不悦地说:"画画没你想得这么简单。再说我今天还有别的事儿,没空,也不想画。"同学愤而离去。

如果事情到此而止也就罢了，可是画家那个同学到处跟两人共同的朋友说，这小子当了画家就尾巴甩上了天，举手之劳的事儿也不肯帮忙，云云。不几日便传到画家耳朵里，搞得画家抑郁难舒，问我怎么办。

咋办？我说："像这种强盗逻辑，只要理他你就输了。"伸手向别人索取，他未得到，却搞得像别人欠了他一样，这不是强盗逻辑？

我学历不高，但是我同学不少，毕业之后常有往来的也不过十来个人。我会写几个字，我的这十几个同学并不完全理解我把全部业余精力都投入到写作上的痴劲儿，出了书之后他们也没把我当个"宝贝"。可是两次出书之后最先为我站出来吆喝卖书、推广微信公众号文章的都是他们。反而那些十年八年不联系，偶尔冒个泡儿的人常常是说：大作家出书了？送我几本儿拿去装装门面呗？帮我写点儿东西呗？

这些年，因为会写而不肯写或者不会写而不肯写，确实也得罪了不少"朋友"。前年冬天，早晨五点半，被响起的手机铃声扰了清梦，我拿起一看，陌生号。挂断继续睡。七点，仍是这个号码把我吵醒。接起，电话中一个格外热情的女声："花儿啊，你才起床啊？"声音并不熟悉，可听着对方却仿佛跟我很熟，只好硬着头皮问是哪位。对方却并不"怪罪"我的健忘，继续热情地向我介绍他自己："花儿你把我忘啦？咱在你哥那见过，一起吃过饭，还是你给我留的电话呢。"我更是一头雾水，我没有亲哥，堂哥、表哥倒是有好几个，是在哪个哥那里见过呢？真想不起来。只好等她继续介绍自己。她听我嗯嗯啊地支吾，倒是也不见怪，又继续说："你贵人多忘事儿，2008年奥运会的时候，咱们在你哥的学校一边看奥运一边吃的饭啊。"

我的个老天！九年前吃过一顿饭，之后便再无联系，竟然熟络得像是昨天刚跟我一起泡过澡堂子一样。我是不是该庆幸自己有如此魅力给人这么深的印象？可是下一秒这位姐姐就说出了她此番电话的目的："听你哥说你现在都成作家了，文章写得很好，我们单位年底了让交工作总结，你姐姐我打小儿就不擅长写东西，你就帮我写了吧。"

被我婉拒之后这位姐姐便再也没来过电话。

去年，在我刚生完孩子产假还没结束时，有天自己在家抱着孩子正准备吃午饭，接到一个大哥打来的电话，说他上小学五年级的孩子写了一篇作文被学校推荐要上某报，老师让排好版，他不会，所以便打电话来"求"我这个所谓的文化人了。他还特意郑重地表示，因为事关孩子前途，所以根本不考虑找那些非专业的人帮忙。

我被这高看一眼的态度"感动"得一塌糊涂，可是只能一边安抚怀里哼哼唧唧的小娃一边婉拒。哪知大哥却根本不听我的话，继续说："这事儿你专业，你一分钟就能弄好，老师让下午上学就交上，你快点儿弄就行，标题黑体二号字，正文宋体五号字……"

我费了好长时间感谢他对我的"高看"，但显然我绞尽脑汁遣词造句的婉拒并没有起到我理想中既不伤感情又能代表我心声的目的。挂断电话之后，那位大哥从此消失在茫茫人海。

我比画家幸运的是，虽然他们被我拒绝，却并没有到处去讲我这人吝啬、不近人情，于是我才能一边听画家跟我倾诉，一边暗自窃喜。

奔向四十岁，越来越懂得朋友的珍贵，但也更加懂得，在那些总把你付诸时间、精力的成果当作"举手之劳"的人眼里，你只是一个顺手的免费劳动力而已。真正的朋友，他们同你一样珍视你的劳动成果，不信，你看当你需要帮助的时候，冲在前的，可有那些要求你"举手之劳"的朋友？

给梦想恰如其分的期待

不管是普通百姓还是亿万富翁,拥有物质基础的多少都难以抵挡追求梦想的诱惑,甚至有些人倾毕生精力去追求,最终却茫然地发现,梦想始终遥不可及。

十几岁的时候,我家北边那条街上每天都有一个中年男人大声自言自语地走来走去,灰夹克白衬衫,整整齐齐,戴着一副金边眼镜,文绉绉的。他嘴里每天来来回回地重复着:"我是××厂办公室正主任×××。现在开会,请总经理×××发言……总经理发言结束,大家鼓掌!"

是的,他是个疯子,是我同学的爸爸。

他以前挺正常的,据说是他们村里唯一的中专生,毕业后进了我家附近这家国企上班,开始在车间做工人,他文字水平不低,写了几篇文章发表在报纸上,被厂长看中,调去了办公室做秘书,每天给厂长、副厂长、主任写工作计划、工作总结、会议报告……

在那个论资排辈的年代,他辛辛苦苦地写了十年,终于升任办公室副主任。可是，升了副主任他也没能脱离写总结、写计划的工作，于是他继续"苦海"挣扎，又写了十年，终于熬到老主任退休。他眼巴巴地盼着这份主持会议和陪酒的好差使落在自己头上，连厂长酒后都亲口说了下一步他就是当主任。可没想到天不遂人愿，县里一个领导的外甥大学毕业分配进了厂里，一步登天，进厂就占了主任的空缺，而他，还是个副主任。

虽说论谁也咽不下这口气，可他却气过了头，钻进了牛角尖出不来，以至于精神崩溃，得了失心疯。每天追着厂长、副厂长讨要说法，厂长们闭门不见，再后来，他已经混沌得不知道上班了，每天沿着大马路高声给过往的行人主持会议。

我不知道他如果当上主任能获得多大的好处，可是我却知道，如果他没有疯，和我同班的他那上初中的双胞胎儿子就不会辍学。

二十年后的一天，有一次我去某企业采访，在车间里，一个包装工人怯生生喊我的名字，说他是我的同学——那对双胞胎中的哥哥。握住他伸过来的黝黑粗糙的手，我的心里五味杂陈，他当初可是我们班数一数二的好学生。

有很多人，为了追求一个自以为的目标，却硬生生地把自己逼进了生活的深渊。

前段时间一个北漂文友发了一条状态：终于结束北漂，回到家乡，却发现家乡已是一座陌生的小城。

这个文友今年已经四十多岁，年轻时长得足够帅气，二十多岁的时候，为了他的文学梦，独自到北京漂泊。

当时在我们眼中，为梦想去北漂的这位大哥简直就是我们身边的英雄。当时好多人听到这个消息兴奋得两眼放光，就像自己实现了北漂梦想一样。

送别宴上，大家都喝多了，准备北漂的文友借着酒劲儿跳上椅子高声宣布："为了文学之路一帆风顺，我准备改个新名字！陆游是我最欣赏的诗人，而我，想从此之后天降大任成大器，所以……我决定改名陆游器！"喝得半醉却兴奋得一塌糊涂的人们跟着高声齐呼："陆游器——成大器！陆游器——成大器……"

以至于许多年后，每当听到有人说"路由器"的时候，我都会一激灵，以为是我的文友终于功成名就。可惜，他走之后，我却从未在任何一家纸媒见到过署名"陆游器"的文章。

这十几年来，从他 QQ 空间里的动态得知，他先是寄居北京宋庄，在那个书画、文学艺术家辈出的地方，他每日里把自己关起来低头奋笔疾书，然后把一篇篇文章发在 QQ 空间。初时我很疑惑，既然每天沉迷在网上，何必跑那么远？在家不就行了？可陆游器却振振有词地说："你不懂！这里文化氛围好！"

可惜，他在宋庄没待多久，随着越来越多的人拥入，宋庄及周边的房租随之水涨船高，而他因为沉迷闭门写作，没有稳定收入，只得搬到偏远一些的地方，直到后来搬到了北京平谷的一个农村租了间民房。

眼见着从二十多岁变成了三十出头，又从三十多岁变成了现在的四十多岁，他的同龄人大多早已成家立业，跟他同龄的我大哥已经把儿子送进了大学。可陆游器却一直游荡在北京郊区的农村，沉浸在某天突然声名大噪的文学梦中，既未立业，也未成家。直到到了三十五岁之后，慢慢地也没人给他介绍对象了。

就连他引以为傲的文章，在我学习写作之后再看，居然十几年来一成未变，别字错词通篇，语句不顺，文无章法。他写了十几年，竟丝毫没有进步，让我们也是格外诧异。

随着前段时间的一次返乡大潮流，陆游器终于告别了漂泊的生活回到家乡的小城。我们去看他，他正在新租的出租屋里收拾行李。屋里放着三十几个大大小小的纸箱，他自豪地介绍说那都是他这些年买的书。我随意打开一箱，书几乎都是全新的，我愕然；再打开另一箱，亦如此。

问他，他却长叹一口气："要打工挣钱付房租、吃饭、攒钱买书，还要经常搬家，哪有时间读呢！"

我说，那回来也好，咱们这边房租低，压力小，找份工作，空闲时间把这些书好好读读，也算对得起在北京的艰苦漂泊了。

他又是一脸为难，说找工作难找，人家都要有工作经验的。

我说，那你在北京十几年都做的什么工作？

他不停地念叨："替人打字，做过保安，也做过护工……可惜，努力了十几年，既没有实现梦想，也没有找到幸福。十几年前，我看不上普通姑娘，想等梦想实现之后再找个般配的姑娘共度余生，现在，那些普通姑娘却全都看不上我了。"

我很想问问他，你这十几年，是真的在为梦想努力奋斗还是在自私地躲避现实生活？要知道，你为梦想付出的那点儿努力真的配不上你那自信满满的期待。

可是，阳光映照，看他头上的白发忽隐忽现，我又不忍心直戳他的疮疤。

陆游器的父母眼巴巴地盼了十几年，一直盼到白发苍苍，仍没有实现儿子娶媳妇进门抱孙子的愿望，种着几亩薄田，不多的收入还总要接济经常失业的陆游器。每当村里有人家娶新媳妇、添孩子，这老两口那羡慕的眼神，让人看了就觉得心酸。

我们有梦想的初衷不是为了让自己和家人的未来更美好吗？可是，现实中有多少像陆游器一样的人，抱着所谓为梦想破釜沉舟的决心，却躲避现实钻入了不成功便不成家、梦想不实现便无心立业的误区，以至于人到中年甚至老年仍要困顿生活、拖累家人。

一直以来，我欣赏并鼓励所有为了梦想奋斗的人，可是，我并不鼓励"陆游器"式的奋斗，为梦想奋斗应是在能够保障自己和家人生活必需的基础上进行，至少不能拖累家人。

为了梦想多付一些是可以的，但不能为了梦想把自己和家人的生活弄得凄惨暗淡。为想要得到的东西付出恰到好处的努力，用百分之一的期待去等待回馈——在我看来，为梦想付出努力的过程就是一种幸福，如果恰如预期得到回馈则是另外一种惊喜。

中年的酒，谁都得喝一壶

前段时间微信上出现一个讨论中年人压力的话题，引起了许多中年男女的共鸣，瞬间刷爆了朋友圈。甚至有许多跟我一样尚未踏入中年的朋友也在一边转发一边唏嘘。

我回家跟爸爸说。六十几岁的爸爸不以为然，说："中年的酒，每个人都得喝一壶。但我坚信日子是一天比一天更好的。"

中年是个伪命题，焦虑却是每个年龄段都存在的。别看爸爸现在这么淡定，当年他也曾焦头烂额过。父母晚育，他们四十岁时，我和弟弟一个十岁一个九岁，奶奶偏瘫在床，爸爸每个月三百八十块钱的工资要养老顾少，根本不够花。曾经腼腆见人不敢打招呼的妈妈跑到学校门口摆摊挣钱，和爸爸一起负着养家糊口的担子。

那时候我们没有自己的家，住在爸爸单位分配的宿舍——是一个很大的厂里最后面办公室排西头的两间小屋子。房子小，倒也好，没什么可收拾的。收了摊子，爸妈两人把厂区里的一大片荒地开成了菜地，种了各种各样的瓜果蔬菜，一年春夏秋三个季节都有新鲜蔬菜吃。冬天自己家腌的两大缸萝卜白菜也能顶一冬的菜，基本节省了买菜的费用。

在我和弟弟的印象中，爸妈那段时期吵架最多。

沉重的家庭负担，人到中年的焦虑，每一个中年人都会有。

1997年，我十几岁，上初中，我们遇到一个特别好的语文老师，他文采斐然，讲课时妙语连珠。尤其是上晚自习时，因为并不讲新课，学生只是复习和写老师布置的作业，语文老师还经常会给我们讲一些天南海北的见闻。对于刚刚上初中的我们来说，他讲的，是另外一个世界的精彩。

每当晚自习上语文，晚上放学回家吃过饭后，我们就早早回到学校里面等着上晚自习。

有一晚又是语文晚自习。可是上课铃声已经响过了很久，老师还没有来，同学们一边假装看书，一边向外面张望。大概过去了十几分钟，语文老师才从外面踉跄着跑进来。他的脸涨得红红的，神情严肃。他吩咐先让我们背诵语文课的第二十七课，然后自己就坐到讲桌前自顾自地翻看着教材。

同学们很失望。不一会儿教室里稀稀拉拉地响起了背课文的声音。我也扣上书大声地背诵起来。可是，背着背着周围安静了下来，我停住，另外几个同学背诵的声音也停顿了下来。

抽泣的声音从讲台前面传来，我才发现语文老师趴在讲桌上，肩膀一耸一耸的。

同学们茫然四顾。没有人知道发生了什么事。

第二天，我们从消息灵通的同学那里得知了事情的经过。那一年，老师们连续九个月没开工资，语文老师的爱人也在我们学校教书，同样是没开工资。微薄的薪水使他们平素里并没有什么积蓄，连续九个月没开工资，竟然让他们的小日子揭不开锅了。

那天语文老师放学后回母亲家要了一袋大米，因为急着回来上晚自习，摩托车骑得有点快，在颠簸的土路上把大米弄丢了。他心疼得又顺原路回去找，可是那袋大米早已没了踪影。

那时候我们尚且年幼，无法理解平日里高大威风的语文老师为何会因为一袋大米突然趴在讲桌前哭泣。可是二十几年之后，当我又一次回想起来，我突然就理解了那时已经人到中年的语文老师。

年近中年还要靠父母接济生活已经使他万分羞愧，那袋大米的丢失不过是压倒骆驼的最后一根稻草。真正让他积压已久的情绪崩溃的，是自己面对当时困境的那种无力感。

时过境迁，随着时代的进步，我们早已经脱离了困难的日子。可是如今的中年人仿佛承受的中年危机的压力更大。人到中年还没有房子的愁，有房子的有有房子的累；没钱有没钱的苦，有钱有有钱的烦。但是日子总还得过，就像树的年轮一样一圈圈刻画着经历过的欢笑、痛苦、烦忧。

对了，我的父亲如今已经退休，退休金不多，但也足以让他和母亲衣食无忧。他写了大半辈子的书法，老了老了，突然发现书法能变现卖钱了，这更是让他欣喜万分。隔三岔五地卖出一幅，他便高兴地打电话跟我和弟弟"显摆"一下。

当年的语文老师失去联系十几年，前些日子突然在一条街上遇到了。他和师母在我们毕业不久后都考入了市里一所中学教书，家也搬来市里；工资待遇不用问我也知道涨了，看老师的气色、穿着都比之前好了太多。

果然如父亲所言，日子真的是越来越好的。

我们已经过了那个物资匮乏的年代，现今的中年人压力或许不是受经济条件所限，也不是因为物资的匮乏，却可能是拥有数间豪宅却夜夜失眠，口袋揣着大把金钱却没有想吃的东西。

其实人每个年龄段都有各自的苦恼，之所以人们总觉得中年最难，也是因为中年人已经经历了半生，回首一把辛酸一把泪；往前看，茫茫一切都是未知数；而眼前，房贷、车贷、父母的身体、孩子的功课、夫妻关系的困扰都是真实存在的压力。

中年这壶酒，最烈最苦涩，被汗水与泪水浸过之后，更是难以入口下咽。可这也是每一个人到中年的人都逃不过的挑战，醉过之后，抹一把辛酸泪，再披荆斩棘，奋起直追。

有一种东西，多少钱都买不来

曾看过一个网络热句，内容是："多想一抬头，发现自己仍是坐在课桌前，被老师从讲台上扔过来的粉笔头砸中，在全班的哄堂大笑中，发现自己只是做了一个梦。"

笑过之后，心里涌起一股酸楚。

时光如梦般悠悠而过，再回首，猛然一惊，我坐在课堂上听老师讲课的日子已经是十七年前。毕业离开时昂首挺胸的潇洒少年们，如果已近油腻中年。

我一直认为自己很幸运，十九岁时中专毕业，在一所乡村小所当代课老师，离开了一所校园，又进了另外一所校园。可是，真正开始了工作，心境全变了。

明明是从一所校园走向另一所校园，多年之后却发现，自己离开的那所校园留在记忆里的全是充满活力的少年身影，是书中的风花雪月，是校园绿荫下的诗情画意；可走进的这所校园虽然环境要优美得多，心头却因为增添了诸多俗事而成为烟火尘地。

仍是捧一本书读，仍是同一本书，仍是同一句诗，可是，岁月消融、历练人间之后，却在嘴里咂摸出酸甜苦辣咸，五味俱全。

那时候的我，担心自己教出来的学生成绩不好而被司事们鄙视、被家长们嫌弃；担心那些调皮的孩子们不怕我；担心自己显得不成熟而被学生们看"扁"了，而拼命地把自己往显老的方向打扮——深蓝色的衬衫，黑色四粒扣子的西装，古板的黑色圆头皮鞋。

再后来，我离开了学校，走向真正的社会，一路跌跌撞撞。

当有一天，伫立于岁月路口，我不想把自己打扮得那么老了，却发现，自己已经直奔四十岁。而那些回不去的校园时光，在记忆的长河里慢慢地泛黄，却历久弥香。

那一年，我初创业，曾经意气风发地跟闺密大娟儿商量："等咱们哪天挣了足够的钱，就一起重回校园读书。"

可惜，我信心百倍地启程，却灰头土脸地铩羽而归。如今，闺密早已实现财务自由，而我还在温饱线上苦苦挣扎。重回校园读书的愿望仍然像小羊心头上那株滴着露珠的初春青草——那么珍贵，却只能挂在愿望单上。每年年初，我立目标的时候，想想，望望，然后继续奔波在生活的路上。

越是长大，我们越怀念上学的时光，总是暗自伤怀。当初得来太容易，所以不知珍惜；想再重回校园，却发现自己已是人到中年。

当初读书时，我们也曾调皮捣蛋惹老师生气；把小说悄悄放在课本下面偷偷翻看；嫌上课的时候时间过得太慢；感慨下课时间过得太快……可是，当有一天放学之后再也不用回去上课了，我们渐渐地开始懊恼。

有一位朋友曾说，许多人想重回校园，其实也并不全为读书，而是为了躲避长大的烦恼。因为真的长大了，我们才发现，自己真的不愿长大。

可是，也有一部分人是像我一样，因为学历与学识较低，生活得较为辛苦，所以才屡屡生出重回校园继续学习的念头。

走过的岁月不能回头，逝去的年华不能再来，浪掷的年少时光如今花再多钱都买不回来。可是，想要读书，任何时候开始都不算晚。

未来好不好，走过去才知道

一个粉丝在微信公众号后台发信息给我："本科毕业已经四年了，按照父母的意愿考了四年公务员，未果。带着沉重的挫败感，我应聘到一家私营企业，这是我人生中的第一份工作，我很看重，可是我没想到公司里面人才济济，而我，却连一些简单的小事都做不好。工作了不到一年，同事们升职的升职、加薪的加薪，就连来得晚的那些大专生也有一部分升了职，可是我却仍旧原地踏步，并且经常遭受领导嫌弃。冲动之下，我辞了职躲在家里，不想再找工作，也不想出门见人。今年的公务员考试我已经放弃了，父母却暴怒，每天变着方法折磨我，逼着我参加考试，逼着我去参加面试找工作，我感觉我的人生已经彻底失败了。"

看完留言，我有些许羡慕这个年轻的小姑娘，我甚至能想象得到，在她长大的日子里，一定被父母和师友们保护得像温室里的花朵。我也能猜到，这一定是她长大以来遇到的第一次挫折。可是，如今父母在，你遇到困难尚且可以像孩子一样躲在他们身后，假如有一天，父母年迈需要你照顾时，你又该躲去哪里呢？

前段时一个男子在地铁上边吃东西边哭的图片刷爆了朋友圈，看过的人哪个不是一边心酸一边又转发出去；一张二胎妈妈背一个孩子抱一个孩子举着伞在雨中行走的图片被众多心有戚戚焉的女人们大量转发，当然是因为太多的妈妈们对此有同感。

这一生，谁都生活得不容易，那些所谓成功、强大的人更是比常人要经受更多挑战。

前段时间去北京采访一位老革命军人，她的女儿 H 女士陪同接受采访。采访结束后，我同 H 女士聊了一会儿，感触颇深。H 女士的父母都是部队转业，身居高位，家里有勤务兵、保姆，她真正地像一个小公主一样优雅地成长。大学未毕业那年，赶上知青上山下乡，她瞒着父母去了云南。

满心单纯想法的小公主，突然置身穷乡僻壤，每天除了繁重的体力劳动，最让人难熬的，是饥饿的滋味。说不后悔是假话，可事到眼前，后悔又能有什么用？她说："不能回头，无法逃避，那就挥刀向前，直面出击。"

她和同学们劳作之余把所有的智慧都用在创造食物上了。放工回来，她们拖着疲惫的身躯在屋前屋后种各种能吃的植物，在水缸里养鱼，满山遍野搜罗能吃的东西……两三年的时间，她从一个北京长大的小公主变成了一个野外生存强人。

那时候，她不知道未来会是什么样，可是她却坚信，当下所有的经历都是未来更好的基础。

回到北京后，她进入北京市公安局工作，"野人"的经历发挥作用，她心细胆大、思维缜密，接连破获多起命案要案。没几年，她便成为重案要案组响当当的人物。她的妹妹说："我刚参加工作时是在一个科研单位，可我的同事们一听到姐姐的名字都肃然起敬，说：'哦！原来你是大名鼎鼎的 H 的妹妹！'"

从小到大，父母拼尽了全力，想要为我们创造更好一点的成长环境，他们的愿望是自己的孩子能够拥有安稳且快乐的生活。可是，真正有价值的人生都是自己一步一步走出来的，这行走的过程中经历过的风雨、遭受的磨难，都是一点点雕琢自己的过程。

以前的我好为人师，常挂在嘴边上劝别人的一句话是"我们总不能经历一场风雨，便把自己像蜗牛一样蜷缩起来吧"。可是，前几年当我遇到情感挫折、工作也受到影响的双重打击时，感觉人生灰暗，心情郁闷到了极点，日子过得很消极、很沉闷。正所谓开解别人易，开解自己难。

一天，在外地出差，暴雨如注，我无意中一抬头，玻璃窗外一只蜗牛在雨中艰难地向上攀爬着。

一直以来我都认为，风雨到来的时候，蜗牛是会缩进壳里躲起来的。

可是我仔细一看，除了玻璃窗上，窗外的墙上、竹子上还有许多只正在迎着风雨向上爬的蜗牛。

那一刻，我被这小小的蜗牛感动得热泪盈眶。风雨无阻，负重前行，难道，面对生活的风雨洗礼，我们还不如一只小小的蜗牛吗？

作家莫言曾给几个文友们分享写作经验时讲过他自己的故事。以前他在部队的时候，为了找一个安静的环境创作，寒风刺骨的冬天，他自己躲在部队的大仓库里写啊写，手面冻出了冻疮，可是痴迷写作的那颗心是火热的。如今他到了北京，住在有地暖的房间里，太舒服了……

没有人愿意自己的人生路上布满荆棘，可是，当我们走过一些艰难的日子，再回首时，不得不承认前人的智慧：坎坷，真是人生最宝贵的财富。

20世纪80年代出生的人大多都曾玩过一款叫《超级玛丽》的游戏。我常感觉，人生之路与款游戏中的情节何其相似：路上总是布满各种阻碍，有的高，有的低，低的，我们跳过去；高的，我们爬过去。跳得过高，常常会撞到一层天花板；跑得太快，就容易掉进坑里。你只能一路向前，想回头，发现你走过的时光根本回不去。

可是，即使生活的路再艰难，坚持走下去，多跳跳，多撞撞"天花板"，也有机会像超级玛丽一样撞出金光闪闪的"蘑菇"。那时候，你才会真正地体会到，只有走过去，让未来来到眼前，才知道它好还是不好。

最悲哀的教育是让孩子永远依靠你

二十年前老金就是我们村里的首富，他在市里开了三个大饭店，雇了人帮他打理饭店的事儿，就连数钱都由一个年轻漂亮的女经理代劳，老金每天的事情好像就只有花钱。

那时候老金经常回村，路上遇到村里的人，老金的眼睛就瞟着路边的树和房顶，等到人家跟他打招呼了，他才嗯啊几声。

村里和老金一样能挣钱的也有几个，却都没有老金那么有气场，老金傲气的资本在于，老金的老婆给他生了两个儿子。

那年月村里人们重男轻女的思想还很严重，老金对两个儿子很是娇惯，他让老婆专门在家伺候孩子吃喝上学。据说这两少爷从念书到毕业，自己的书包都没动手收拾过，更别说干点家务活了。

闲着没事，老金经常带着两个儿子四处闲逛。到了饭点儿，他们也不回家，也不去自己的饭店，而是就近找个馆子，爷仨要上五六个菜，老子一瓶白酒，俩小子一人一瓶啤酒，你敬我一杯，我敬尔一盅，喝得相当带劲儿!

老金的大儿子金柱和我们是同学,初中没毕业的时候,我连自己的自行车还没有呢,去上学只能骑着我爸的自行车,而我爸需要外出骑自行车的日子,我就只能靠"11路"——跑着。可那时金柱早就已经骑着他爹给买的踏板摩托车威风凛凛地到处潇洒了。

有人劝老金管管自己的儿子,让金柱给儿子找份正经工作,老金不屑地说:"船到桥头自然直,等成家了,他自然就知道过日子了。"

二十来岁,我们大多数同学刚走出校门参加工作,还在为了租房的事情焦头烂额,而老金已经给两个儿子买好了婚房,金柱每天骑着踏板摩托车带着不同的美女到处游山玩水。

到了饭点儿,金柱当然也不回家吃饭。曾经有一回我们遇到金柱一个人在饭店吃饭,桌上四个菜,三瓶啤酒。

那时候我们都很羡慕金柱有一个有本事的爹,而金柱也扬扬自得,常常自夸地说:"千好万好,不如有个有钱的爹好。"

金柱的弟弟有样学样,初中没毕业就跟着金柱一起游手好闲,正经事儿没学会,倒是学会了谈恋爱,今天撩拨前村的小翠儿,明天又带着后村的珍珍……

虽然这俩小子好吃懒做,可金家最终娶回家的两个媳妇儿都是附近出挑的美女，漂亮得都能晃你的眼睛。

可说来也奇怪，这妯娌俩结婚前在各自的村里那是出了名的勤快，自打嫁入金家，人与生俱来的适应性在她们身上发挥得淋漓尽致。她们俩一天也没工作过，每天打扮得美美的，一到饭点儿就跟着金家兄弟招招摇摇地去市里找老金吃饭。

时间长了，老金也心慌，催着儿子、媳妇自己做点生意或者找份工作。可是，大儿子瞪着眼睛说："老二为啥不干？"老二也瞪着眼看着老大，俩妯娌也撅着嘴不愿意。催得紧了，他们就应付："明天我找找看。"懒人嘴里明天多，这一对儿子一双妯娌就这么混到了三十好几岁。

坐吃山空，立吃地陷。这几年老金的饭店生意不怎么好，三家饭店关了两家，为了节约成本，那漂亮的女经理早就开了，老金亲自上阵监督管理，即便这样，饭店生意仍然是勉强度日。

这些年来，我的其他同学们不管是做生意还是工作，挽着命运的缰绳，任人生的小鞭子抽打着，奋蹄向前，日子越过越好。金柱兄弟却仿佛看淡人生般各自逍遥。

同学聚会的时候大家推杯换盏、称兄道弟，热闹非凡。曲终人散、门口送别时通过各人的座驾——谁发展得好、谁过得寒酸，就能分辨个差不多。当年学习成绩最好的"酸秀才"是司机开车来接的；当初流着鼻涕跟在同学们后头瞎跑的王二蛋如今也开上了宝马；唯独金柱还是骑着一辆破旧的踏板摩托车。

这几年老金很少回村，偶尔回村也少了往日的傲气，低头悄悄地回、悄悄地走。有人问老金："人活七十古来稀，这么大岁数了，还奋斗个什么劲呢？什么时候回村养老啊？"老金尴尬地笑笑，挠挠头也不说话，走远。

有一次老金跟村里人聚会，喝多了，自己嘟囔："人要闯，马要放。可惜了，可惜了……"

老金什么都懂，却没有机会重新改写两个儿子的人生。

我爱你，因为我爱你

前几天从网络看到一则新闻，有一对恋人，恋爱两年，到了谈婚论嫁的地步，女方要求男方全款买房，男方不是付不起，只是顾虑全款买完就没了积蓄，坚持要求贷款。争论最后演变成战争，一地鸡毛，一对恋人终告分手。

一段爱情故事结束，却引得网上争论四起，一派认为，姑娘太物质，幸好没娶；另一派认为，小伙儿爱得不够深，又不是负担不起。

姑娘物质吗？可是谁都知道，新《婚姻法》规定中，房产归属问题划分得清清楚楚，姑娘若是想借此占便宜怕是也难以如愿；小伙子爱得不够吗？两人相处细节外人全然不知，又怎么好妄自评断？

我想起朋友春来给我讲过的一个故事。春来去位于乌波卢岛的萨摩亚首都阿皮亚旅游，在这个位于南太平洋的火山岛上，遇见了一位华裔男子，他的爱人是萨摩亚土著。他们的家虽然简陋，却让春来回国后频频感叹，因为这位华裔男子时时洋溢着幸福与甜蜜的笑容，给春来留下深刻的印象。

男子为中萨混血儿，名叫 Alvin，他的祖上于 20 世纪 30 年代抵达萨摩亚，后来与当地人通婚，定居于此。Alvin 的妻子 Winona 是个有一半新西兰血统的混血儿。Alvin 见到从中国来的春来他们非常激动，主动攀谈，并且当起了他们的免费导游。唯一遗憾的是，Alvin 不会讲中文，只能用英语进行交谈。

阿皮亚虽然为一国之都，却是高山峰峦连绵，低谷深壑，处处荆棘丛生，店疏人稀，更难见到庄稼和果园。萨摩亚人的生活十分悠闲，也非常幸福，因为他们拥有大量的面包树。面包树的果实果肉充实，味道香甜，人们从树上摘下成熟的果实，切片，放在火上烘烤到金黄色，食用时味如面包。Alvin 笑称，一个萨摩亚男人，只要花一个小时，种下十二棵面包树，就算完成了对下一代的责任，因为十二棵面包树结的果实，足够一个人吃上一整年！

Alvin 夫妇的爱巢建于十四年前。因为当地气候温和，无须遮风避寒，房子只作为挡雨用。他们的家与阿皮亚所有其他的房子一样，是一处只有承重和几根装饰柱的简陋"亭子"，这种在国内偏远地区也难以找到的陋室，还是他们在婚后生长子前共同打造的。

Winona 每天的工作除了打理家务外，她还会用一种树皮打浆晾晒制成布，用来制作衣裙。她把自己制作的衣裙拿给朋友看，春来拍成照片带回国，大家都叹为观止，难以相信这是用树皮做成的。

春来一直认为没有物质基础的婚姻难以幸福。到了萨摩亚后，当地人简陋的居所和生活用品的匮乏也让春来一再叹息，可当春来惋惜他们固守这种原生态生活方式，享受清闲慵懒，不为更好居住和生活条件打拼时，Alvin 却诧异地反问道："你来到世上是为了什么？你追求那么多东西不也是为了享受生活的快乐吗？我现在就很快乐啊！"

春来吃着 Winona 烘焙的面包果，问她当年是怎么爱上 Alvin 的，她有点儿不好意思地说："当年他可是附近姑娘们心中的大众情人！因为他会吹口哨，还会种菜！"与那些非有钱人不嫁、没房没车不嫁的姑娘们相比，萨摩亚姑娘的择偶态度真是太"轻率"了。

我还有一个文友，是个年轻帅气的诗人，诗写得很棒，可是前段时间见面，他说他在做微商，代理一款护目眼镜。我问他，工作这么忙还要写诗，怎么还要挤出时间和精力做这个？他轻叹一声："买房了，还贷有压力。"原来，诗人毕业工作四五年，相亲无数，因为尚未买房，到现在也没娶上媳妇。

我逗他说，现在好了，房子买了，娶媳妇终于有盼头了。他却更惆怅："我都没时间谈恋爱！有点时间就想着赶紧赚钱了！妞你说，现在还有不顾一切经济基础的爱情吗?"

我语塞,不知道该怎么回答。

朋友春来曾经感慨说:"人们总说,如今的年轻人,在现实面前,浪漫、情怀都败给了房子、车子,但是空着肚子谈恋爱又能谈多久呢?如果我们也能种几棵面包树就能够养活一家老小,我想,我会嫁给那个种植面包树最多的小伙子。"

我说:"即便如此,你也不一定会像 Winona 那样浑身溢满幸福的光环,因为,只有心里对物质的欲望放至最低,幸福的指数才会升到最高。"

诚然,许多人因为获取了更好的物质条件而提升了生活的幸福感,可是,那些每天快乐得像开水壶一样吹着口哨的人,不是因为拥有多少物质财富,而是因为他们拥有一个因为爱你而爱你的人。

赢不了的对抗

其实现在我才明白，不论在小时候还是长大成人后，我还是挺热爱学习的，但是我却连高中都没有上，更别说走进理想中的大学了。

从小学到初中，我一直是老师们眼中最得意的学生，是要求同学们向我看齐的学习标兵，数学更是我的强项，经常考满分，小学毕业时我以全镇第一名的成绩考入初中。小学里教我数学的张老师是一位特别和蔼可亲的女性，毕业典礼上她拍着我的肩膀说："好好学，只要努力，你肯定能考上名牌大学。"站在毕业典礼台上，校长让我说出我的理想，十四岁的我大声说："我的理想就是好好读书，将来考上大学，成为老师们心里最优秀的学生。"

到了初中时，每个年级有十几个班，优秀的同学有很多，但我的成绩还是可以保持在全年级前十名左右。

初二下学期的时候，教我们数学的老师突然生了重病，学校里因为师资紧张，调来代课的是一位临时招聘的老师。据认识她的同学说，她之前在家做赶集卖布的生意，因为脾气不好，总和人吵架，所以生意做得也不好。她老公在我们学校教书，所以才给她寻了这样一个工作。

如果放到现在，没有教师资格证根本就不可能上岗，而在当时的乡村学校，临时代课的老师里面十有八九是像她这种毫无教学经验的。

新来的数学老师是斜视，又常常冷着脸训诉大家，同学们都很不喜欢她，可是却又毫无办法。

有一天，数学老师在黑板上出了一道讲过的题，让同学们去解答，我很积极地举手跑上讲台，三下五除二把答案填上，刚想跑回自己座位的时候，老师喊住我，指着黑板上的答案大声问我："谁教你的？做得对吗？"我被老师突然的责问吓住了，茫然地看了看黑板，没发现错误。这时另外一个同学举手跑上讲台把正确答案写在了上面，我才发现是自己没注意审题而写错了答案。

老师让那个同学回到座位上，回头对我说："不会就不要逞能！"我感觉头"嗡"的一声……从小学到初中，一直被老师们夸奖回答问题积极、参加活动积极，"逞能"这个词严重地刺痛了我年少的自尊心。

数学老师还在说着什么，我一个字也没听进去，冲动之下，我转身跑回座位上自顾自地坐下了。这样的举动更是激怒了她，她冲过来拿教鞭指着我，厉声训斥，责问我："老师让你回来了吗？让你坐下了吗？

你眼里还有我这个老师吗？"一通训斥之后，我得到了一个从今以后要站着上数学课的"特别待遇"。

第二天的数学课，我以为她已经忘记了对我的惩罚，在班长喊过起立，她喊过坐下后，我随着同学们一起坐下了，可是她却指着我说："你，站起来。"我顺从地站了起来。数学老师自顾自地讲起新课，任由我一直站到下课也没再理我。

十六岁的我，被这样的"礼遇"气昏了头，从此之后，我无心学习，数学课的上课时间都被我用在思考怎样对付她了。

我在小纸片上写上"卖布的"，然后贴上透明胶条，在她走过我身边时，轻轻粘在她的身后的衣角，她在教室里巡视的时候，所有看到纸条的同学都在捂着嘴偷偷笑；我在上数学课之前积极地去擦黑板，然后把黑板擦里的粉笔末均匀地抖在讲台的凳子上……

因为这些对抗，我成了同学们心目中的"英雄"，当然，这样的"英雄行为"换来的却是数学老师更严厉的责骂。有时刚刚在上一堂课被别的学科老师表扬过，到了下一节课就成了"不学无术、不像个姑娘"的反面典型，这样的落差让我几近崩溃，也刺激我更加积极地搜寻更多对抗她的办法。

再后来，我开始逃课，在她向教室走来的时候，我大摇大摆地走向操场，听着她在后面大声喊着我的名字，不答应也不回头，心里充满了"赢者"的得意。整个初二的下学期，我迷失在这场对抗得到的"乐趣"中。

期终考试，数学我得了九分，那鲜红刺眼的分数让我不敢把试卷带回家。再后来，她在课堂上公开"批准"我可以不上数学课，可是同时我也发现，我失去了和她的对抗的乐趣。

再后来我退学去了一家职业中专就读。毕业后的十年里，我换过许多份工作，也有过边工作边学习才得到一纸大学文凭的辛苦经历。尽管后来，经过几年的努力与拼搏，最终我也留在了城市，有了理想的工作和同龄人羡慕的"作家"身份，可是相比较那些考上大学，毕业后一帆风顺地在城里工作、生活的同学们，我才沉痛地觉悟：青春期的那场对抗，我是唯一也是最大的输家。

成长的姿态

女孩儿十四岁的年纪,被人称作青葱岁月。不看别的,单就看这字眼儿,便会感觉到滴翠的绿意、灿烂的阳光。一想起这个词,就应该是女孩儿穿着白裙子在绿野奔跑、歌唱、欢呼的画面,日子该是惬意得如同遮阳帽上那一缕飘逸的丝带,风一吹便轻舞飞扬。

可是对于她来说,十四岁原本阳光明媚的天空,突然间电闪雷鸣,失了蓝天颜色、失了灿烂阳光。她被诊断患上一种名为神经性耳聋的病症,在家人带着她奔波于各地医院的同时,听力也在逐渐消失。

直到半年后的一天,她坐在课桌旁,看着台上老师嘴巴一张一合,四周寂静无声。

泪,一滴滴掉落,砸在地上,在她心里发出巨大的轰鸣,这是她听见的最后一点儿声音。

她的世界瞬间寂静,下课的时候,她呆呆地站在窗口看同学们笑闹,她听不到铃声,看到同学们都跑进教室了,便知道该要上课了。还好,她很聪明，上课的时候她看着老师的口型和板书做着笔记，多半问题都能搞懂。只是，没有人能够告诉她未来会是怎样，她恐慌、焦躁，只有当她摸到书的时候，才能恢复平静。于是，她把自己置身书的海洋，如饥似渴地翻阅着所有她能接触到的书籍，用书中的故事来填补自己内心的失落。书读得多了，她便产生了写的冲动，初三那年，她的一篇作文得了"叶圣陶杯"全国中学生新作文大赛三等奖。欣喜之余，她更用心地去读书，去写。

只是，贫寒的家境无力支持五个孩子的学习费用，高二下学期，她抱着她创办的班刊《我们的部落》含泪退学了。务农的日子辛苦且单调，她不肯就这样认命，几经周折，一位好心的大学生姐姐接到她的求助，帮她联系了一所接收盲人、聋人、智障学生的特殊教育学校，她进入了美术中专班，并独立创办了校报——《校园文化报》。

就在这时，爱德基金会为这所学校的每位耳聋学生无偿捐赠了一台上千元的耳背式助听器，学校让她代表大家写封感谢信。因为心怀感恩之情，她的那封信写得情真意切，感人肺腑，所有读过的人都感动得落下眼泪。那年助残日，有记者到学校采访，看到她写的那封信，征得她的同意，在《西海都市报》以一个版面的形式发表了这封信——《我的故事》。这是她的文字第一次变成铅字。

十七岁，她中专毕业了。正常的中专毕业生都在残酷就业现实面前找不到工作，更何况一个双耳失聪的少女。她没有怨天尤人，也没有把时间浪费在无望的寻找上，她写了一封自荐信给当地残联理事长，毛遂自荐。幸运之神总是垂怜那些努力的人，在别人尚且为工作东奔西走一头雾水时，她轻松地获得了公安局打字员的工作。

对有些人来说，一个女孩，有了一份轻松且安定的工作，便可以知足，安心享受了。可她偏不！她说，人，要不断超越自己！人，一旦有了强烈的信念，就会产生巨大的动力。

几年间，她笔耕不辍，在《知音》《家庭》《爱人》《特别关注》等等知名杂志上陆续发表了几百万字的作品。而那段艰难走过的日子，在后来忆起时，她这样形容：为自己添上美丽的翅膀，在静默的国度里用文字挥洒出一片七彩音符。

同学们，这不是一个虚构的故事，故事里的女孩是我的同学，她的名字叫应小青，二十五岁的她现如今是青海省作家协会成员，《今时尚》杂志的主编。每一个人来到这个世界上的时候，都如同小草一般平凡，在生活的风雨雷电面前，即使我们只是一株小草，也要长出树的姿态。

（本文曾刊发在《鲁北文学》《德州日报》《中学生语文报》等十多家媒体。）

最初的梦想

三年前的夏天,他毕业了,怀揣着梦想从校园中走出,源于对未来美好的期望,他有一种热血沸腾的感觉。这个播音主持系的优秀毕业生,心中笃定的目标就是走上荧屏,成为一名电视节目主持人。

抱着深蓝色的毕业证和一摞在各种活动中获得的荣誉证书,他回到家乡,踌躇满志地找到县广播局向领导自荐,获得了一次试镜机会。诚然,刚走出校门的他稍显青涩,却又处处透着一股灵气,多年的专业学习和参加各种比赛积累下的经验没有白费,他在镜头前表现出色,可谓瑕不掩瑜,终于领导们纷纷点头,就这样他得到了新闻频道的上镜机会。虽然是无薪实习,但相比那些毕业后找不到接收单位而走向其他工作岗位的同学,他已然是足够幸运。

那年夏天,每个傍晚经过精心装扮走进镜头前的聚光灯下,他是衣着光鲜的新闻主播;走出镜头,他踩着旧自行车拎一把芹菜,满头大汗地飞奔回十几里外父母的家。

年轻同事们里面官二代、富二代很多，下班时候，他们三三两两地招呼着，喝点去？唱歌去？他总是微微地笑着婉拒，不是不想参加，而是每当此时他就会想起年近六旬的父母，还在庄稼地里风吹日晒地挣扎着，他实在是难以忍心挥霍每一分金钱。

晚上回到家，橘黄色的白炽灯下，他和父母坐在饭桌前，对着简单的饭菜，看着电视新闻里的他，母亲微笑，父亲举一举酒杯，说："再给我来点儿！"这时候，得意之情就会漾满他的心房。

实习期将要结束的时候，领导找他谈话，他信心满怀地期待着领导通知他转正的消息，可得到的却是一杯冒着热气的立顿红茶、一番对他半年来工作表现的赞美和正式进入电视台需要五万元接收费用的消息。

父亲得知消息的时候，倚在椅背上轻轻地点上了一支烟，烟雾缭绕中他看到父亲眉上的横纹又加深了。父亲没有钱，他和哥哥两人读到大学毕业，这笔费用已经把这个普通的农村家庭拖到贫困户的行列。哥哥结婚时，嫂嫂很懂事地没向老人伸手要一分钱彩礼，可是父亲借遍能借钱的地方，硬是给哥哥凑起了新房的一半首付。

他心里很清楚，家里是再也拿不出这笔钱了，他不忍再看父亲为难，笑着对父亲说："让我出去闯闯吧，我一定能找到一个不要接收费用的单位！"

深秋时节，实习期结束，他笑着挥别同事们，又开始寻找新的工作。投简历、面试、试镜，他在一个又一个城市间奔波，常常会遇到一个主持岗位百人竞争的场面。半年的播音实习为他增色不少，在离家几百里外的另一家县级电视台他得到新闻主持的岗位，第一次录制结束后，领导就告知他，由于他的出色表现完全不必经过见习而正式进入电视台。毕业以来，不管遇到任何困难他都没有哭过，可这一天，他躲进卫生间，让泪水在脸上痛快地淌成小河。

有过半年的实际工作经验，新闻主播的工作于他已是得心应手，而领导对他也非常器重，似乎他应该安心于此了。可一年之后，市电视台招考新闻主播，他那颗不安分的心又蠢蠢欲动，经过半月的积极备战，面试、试播之后，他顺利打败几十名对手进入市电视台。

如今，刚刚毕业三年，他已经是市电视台里的台柱子，而他当年的同班同学们如今散布各行各业，只有极少数几个人走上了电视主持的道路。

一年一度同学聚会的时候，有同学说："你真幸运！"他笑，回答："除了认定自己一定能做好主持人的这腔热血，我什么都没有，为了理想永远不放弃努力，我的血液、我的汗与泪水，都是在为了这梦想流淌的！"

岁月可以赢去我们的生命，却赢不去我们一路留下的青春印迹。走出校园的时候，我们每个人都曾怀了绮丽的梦想，可在一次次碰壁后便慢慢熄掉了心中那团火光，而他却始终坚持着，像歌中唱的那样："最初的梦想紧握在手上，最想要去的地方，怎么能在半路就返航，最初的梦想绝对会到达……"在困难面前尽情挥洒青春的汗水与激情，在这些付出面前，他的梦想注定不会是水里的那抹月影，而是顺着滑落的汗水，凝成一粒粒发光的宝石缀在他的人生路上。

（本文刊发于 2012 年 5 月《山东青年》杂志）

杜鹃花开

漫山遍野的杜鹃花儿轰轰烈烈地烂漫着,转过一树大红的艳丽,又是一片娇柔的粉白;有风抚过,缀满花儿的枝条颤抖着,风一过,一片片花瓣落在山脚的小溪里,顺水远去。

她带着一群学生站在一树杜鹃花旁,跟着他们唱歌的节奏晃动着身体,腰间水蓝长裙的带子随着她的身体左右飘动着。而他,是那个站在高处、滑脱了手里的相机而不自知的少年。

那个嗓音动听的女子叫萱小蕾,是这座山村小学唯一的教师,二十三岁。

那个看呆了风景的少年叫治康,高考落榜后借着散心为名四处挥霍父母钱财的富家子弟,十九岁。

他借口钱包掉了回不了家,赖着跟她回到学校。那是半山腰里一间不大的砖坯房,里面摆了几张高低不平的桌子,一看就是学生从各自家里带来的。最让他诧异的是，教室连个屋门都没有，他问她，她却笑着说："要门做什么呢？在这山上难得有个人来，这教室，也是过路人避雨的场所，装了门，那他们又要去哪里避雨呢？"他的心就这样醉在她清浅的笑靥里，痴痴地跟着笑。

夕阳西下，孩子们鸟儿一样四散而去。

他跟着她攀到山的另一面，那里，有她的家。她指着不远处围着木栅栏的院落，回头笑着冲他："那里就到啦！"顺着她手指的方向，一座半旧的房子，屋顶飘荡着袅袅的炊烟，他不由自主地就跟着她的笑容咧开嘴，活脱脱一个憨小子样。她喊他一声："傻乐什么哪？再不快点就赶不上饭了！"他痴痴地接了一句："你真像个仙女。"她走在他的前面，低头羞红了脸颊。

槐木桌上的晚餐，在橘红蒙胧的灯光下显得格外温馨，那碗苦槠猪骨面香到他忘了落榜的痛苦，香到他忘了自己脚下磨起的泡。他一边吃一边迎着女孩父母含笑的目光不住地点头说好吃。

赖在大山里跟着她跑了几天，女孩开始赶他，遥遥指着远处说："从这儿走，翻过两个山头有一条公路，在路边搭车子可以去屏南县城，那里有去大城市的车子。"

他不语，低头，也不走。她走，他就跟着；她停，他就站开给她拍照。

到了学校，她上课，他在外面用捡来的树枝给她和学生烧水；下了课，他带着学生用自制的沙包玩得热火朝天；他用相机给每一个学生照相，反反复复地拍——他和学生们都知道，那相机里早已经没了胶卷，可闪光灯下孩子们脸上依然挂着极灿烂的笑容，那笑容看得他心都疼了。

来到山里十多天的一个傍晚，从学校回家的山路上，他第一次拉住她的手说："跟我走吧！"她看一眼他，又望一眼大山深处时隐时现的小小身影，说："我离不开大山，离不开杜鹃。"

第二天，踩着挂满露珠的青草上路，在太阳公公起床之前，她送他到山外的公路旁。临分别时，他抱了她，没来由地，她的心慌作一团。通往县城的车来了，他跳上车，车里车外，他和她，眼里皆有泪光。

杜鹃仍在怒放，那个穿水蓝裙子的女儿却日渐忧郁，下课的时候，她经常望着山外的方向看呆了目光。

时光仿佛过了一个世纪那么遥远，有一天，当她上着课，望着闯进教室的不速之客尚未缓过神儿时，学生们早已经围上去，激动地喊着治康哥哥。他一边给孩子们分发着从山外带来的礼物，一边回头冲她嘿嘿傻乐。她走到他的身边，被他捏着脸说怎么还瘦了。她不语，痴望半晌，被他轻轻一拉，随即倒在他的怀里，任学生们一旁拍手嬉笑。

他们背靠背倚坐在一棵杜鹃花树下,她问:"你还走吗?"他说:"不走了。"

"你会后悔吗?"她又问。

"也许有一天我会后悔,但是现在我爱你。"

…………

一树的杜鹃花被树下的浪漫羞红了脸。

大山里的日子过得真快,草青了又黄,杜鹃花开花落四十载,他们早已儿女双全,可每年杜鹃花开的时节,她还会像当年一样扳过他问:"爱上我,你后悔过吗?"

"也许有一天我会后悔,但是现在我爱你。"是他四十年不变的铿锵有力的回答。

(本文刊于《当代小说》201 年第 7 期)

洛可可的忧伤

一

每天下午的四点半到五点钟，是洛可可一天中最期待的时间，这个时间段，是她和李硕的播音时间。阳光透过宽大的玻璃窗暖暖地照在身上，她在李硕播音时候偷偷地看他的眼睫毛，忽闪忽闪的，洛可可感觉自己的心也伴着这个频率跳动着。李硕突然侧脸看她，慌乱中她低头看自己的播音稿，校园广播里出现了几秒中的空白。

第一次见到李硕时，洛可可特别狼狈。那是她到学校报道的第一天，扯着将要回冀州的妈妈哭得鼻涕眼泪横飞，惹得妈妈也跟着红着眼眶掉眼泪。母女两人执手泪眼相望，一副生离死别的模样。李硕就是在这时出现在她的旁边，大声说："嘿，没出息的丫头，当年哥可是一个人来报到的！"然后他转身一本正经地对洛妈妈说："阿姨，我是学生会派来带新生的，孩子离开父母才会长大，您放心回去吧！"

那天，洛可可肿着眼睛跟在高大的李硕身后，一路听他介绍着食堂、教室、图书室，最后把她送回宿舍楼，在一张纸上写了一个手机号递给她，豪气万丈地说："有事儿给哥打电话。"

洛可可没有打过那个号码，却把那11位数字和李硕的身影一起印在了心上。

洛可可是个很安静的女孩，可是她却有着极为美妙的声线。元旦节前一段时间，学校广播站招聘播音员，通知贴在办公楼前的公告牌上，舍友们撺掇她去参加。洛可可真的报名去了，在众多的选手里，她脱颖而出。

二

等到真正坐在广播室里时，洛可可才知道，她的搭档就是那个自称是哥的男孩——李硕。洛可可为这次相遇欣喜着，李硕却已经忘记了曾经带着洛可可认识校园的事，客气地伸手介绍自己："我是汽车维修专业的李硕，请多多关照。"

没几天洛可可便知道了李硕是有女朋友的，是汽车商务三班的班花卢小葵——那个漂亮得让人眼晕的女孩儿。有一天播音结束后，洛可可看到她等在门外，对李硕嗲声嗲气地说："硕，我们一起去吃过桥米线好不好？"洛可可看着一脸灿烂的李硕拉着卢小葵走在夕阳里，心一点一点地沉下去。

等到放寒假前,洛可可和李硕已经非常熟悉了。寒假前最后一次播音完毕,她说:"听说山西运城的豆沙糕很有名呀,记得开学时带给我吃啊!"李硕笑着说:"贪吃的小丫头,好像我们山西的老醋更有名气呢,要不要带点给你吃啊?"洛可可在心里轻轻地说:"醋我已经吃了太多了,吃得牙都要酸掉了。"

李硕看着一脸落寞的可可,还以为是他刚才的玩笑话惹烦了她,忙又说:"可可,学校旁边的过桥米线很好吃呢,要么待会儿我请你吃米线好不好?"洛可可听得眼睛都亮起来了,可就在这时,卢小葵踩着高跟鞋走了进来说:"硕,我们今天去吃什么?"李硕回头看看洛可可,为难地挠挠头。洛可可忍着满心的失落对他们挥挥手道了再见:"提前祝你们新年快乐!"

第二天上午,洛可可背着简单的背包去赶火车,在检票时,她看见卢小葵一个人拖着大大的行李箱站在前面拥挤的人群里,李硕居然没有来送行。

三

开学了。

李硕果然忘了带豆沙糕给洛可可，她在心里暗暗地失望着，很有些不高兴。可是过了几天，当她在宿舍里听到舍友们说起卢小葵移情别恋的传闻时，就彻底地原谅了李硕，马上开始同情起他来。

原来，曾经追卢小葵很久的郭亚洲，在寒假期间勇敢地追到了卢小葵家所在的城市，当卢小葵心不在焉地接着郭亚洲的新年祝福电话，按他指挥走到阳台，看到站在楼下雪地里的郭亚洲时，芳心萌动。

开学回到学校后，所有同学都看到郭亚洲拉着卢小葵到处高调作秀。

人们都在关注并同情着"被失恋"的李硕，可李硕却像个木头人样无动于衷，就连洛可可看着他整天面不改色的样子都在心里暗暗怀疑他到底有没有喜欢过卢小葵。那天下午播音时，洛可可播放着伴奏音乐《在雨中》，读着一篇稿件的空隙，偶一抬头，看到李硕的眼泪颤颤地挂在睫毛上，迟疑着不肯掉下。那一刻，洛可可感到自己的心那么痛，那么痛。

就在洛可可纠结在说与不说的时候，中专部选派出国实习的名单公布了。李硕榜上有名，目的地是日本静冈县的一家汽车制造厂，李硕离开了广播站，专心做出国前的准备。

出国实习生的签证很快拿到了。这天洛可可和一帮同学为李硕办饯行宴，散场后在回宿舍的路上，洛可可想好的表白在心里面百转千回，到了宿舍楼前还是没有说出口。就在李硕道了再见往回走的时候，洛可可脱口而出:"李硕,什么时候你会再回来看我?"李硕回头笑笑说:"丫头,我还没走就开始想我啦?"黑暗中的洛可可一脸羞红的等着他继续说下去。李硕顺手一指身旁的一株植物,说:"等它开花的时候,哥就回来看你!"洛可可看了一眼,眼神顿时黯淡了下来。

那是一株铁树。

相传,铁树千年一开花,而书里也一直以千年铁树开花来形容极为罕见的事物。

洛可可的心跌入了谷底。

四

洛可可没有参加为李硕等人准备的送行仪式,她躲在办公楼四楼的播音间里,注视着门口庞大的送行队伍,她看见人群中翘首寻找什么的李硕,是在找她吗?还是在找卢小葵?

李硕他们是从北京乘下午四点五十五分飞机到日本的,那个时间段,正是洛可可的播音时间。今天有好多的同学为赴日本实习的好友们点歌,洛可可拿起一张纸条,上面写着卢小葵为李硕点播歌曲《在雨中》。

听着汪峰唱"……在雨中想起你的模样,感觉那么温暖那么哀伤,刹那间你似乎就在眼前,一切好像回到了从前……"洛可可就在这忧伤的旋律中泪雨滂沱。

不断地有消息提示洛可可的电子邮箱收到了李硕发来的邮件，可是洛可可刻意着不去点击它。李硕的邮件隔一天一封，洛可可看着新邮件的提醒默默发呆。到后来，连她自己都不清楚自己到底是在别扭些什么，是因为李硕太过于残酷地拒绝？还是自己太过于妒忌卢小葵？

卢小葵和郭亚洲分手了，李硕的邮件还是在不断地发送到洛可可的邮箱中，日子过得真快，放暑假了。

洛可可在暑假后回到学校，被眼前的一幕惊呆了，宿舍楼前的铁树开着一大簇黄灿灿的花朵。

"铁树开花了！"洛可可激动地跑去宿舍对舍友说。舍友却一脸不屑地说："这有什么稀奇的呀，玉林的铁树年年都可以开花的。"

自小在北方长大的洛可可再次呆住了。

洛可可打开邮箱，点击着一封封没有读过的邮件。

"丫头，送行的队伍居然没有你……"

"丫头，日本的女孩真的很漂亮，但是，比你还是差了点，呵呵……"

"丫头，想你了……"

"丫头，为什么不给我回信……"

最近的一封邮件发自昨天，上面写着："丫头，昨天晚上梦见你了，梦见你站在校园里扯着妈妈的衣袖掉眼泪……"

洛可可轻轻地在键盘上敲下一行字:"你可知道,铁树的花已经开了。"

(本文刊于《中学时代》2011年第4期)

年华不待微微凉

夏夜，整个城市刚刚淋过一场雨，夜空中没有星星，也没有月亮，风略略有点儿凉。卢小锦站在摆满栀子花的阳台上，伴着夜风，栀子花馨香浓郁的香气弥漫，沁人肺腑。房间里开着音响，传来低沉幽怨的音乐，《你是一段特别的留白》，这一定是个忧伤的女子所作的曲子，她想。

她住在十七层，可以望得见大半个城市的夜景，闪耀的霓虹灯和橙色的路灯映照下，川流不息的车辆都是来自哪里？车中的人又是去往何方？可是奔向那些远远近近的高楼里星星点点的灯光？这样想着，卢小锦突然轻轻地笑出声，自己居然为了一群永远不可能有交集的人去浪费这份心思。

她转身回屋，手机正在床头闪着蓝光震动，是一个陌生的号码，她犹豫了一下，接起。是个陌生的男声，很轻，还带着点儿颤音，问她可曾记得他。她皱起了眉，问他是否打错了电话。对方坚定地称没有，还提示她,难道你不记得杜斯维特了吗?

杜斯维特?哦,是了,曾经有个名为杜斯维特的西餐厅,只是那个地方,她已经有十年没有去过了吧。而十年前,卢小锦是常去那里喝果汁的,和谁一起去过呢?太多了,怎么都想不起来。她失去了耐心,简短地答了声:"你打错电话了。"便放了手机。放大了音响音量,躺回宽大的床上,钢琴与二胡合奏的音乐弥漫在整个房间,突然她坐起身,刚才的电话,难道是他?

那还是在大学的时候,卢小锦所处的那所民族学院到处都是靓女帅哥,而她,只是一个学长笛的普通女生。初进校园的卢小锦,扎着简单的马尾,脸上抹着从二元超市买来的小黄瓜泥儿面霜,尤其是她见了任何事情都感到新鲜的稚涩眼神,和她脸上抹的面霜一样,泛着一层光。正所谓女大十八变,大二的下学期,卢小锦突然就如出水的芙蓉般褪了土气,显露出青春的灵性与娇美。接着,卢小锦和她的长笛频繁地出现在校园活动的各种舞台上。

那是大二那年五四青年节的晚会,活动设在校园艺术中心的大厅,当主持人报完卢小锦的节目并退场后,全场的灯瞬间都熄了。

黑暗中,长笛声悠悠响起,随之,一道白色的射灯自上而下直直投射在卢小锦身上。只见她乌黑的长发柔柔地披在肩上,洁白的长裙盖住脚踝，闪着银光的长笛横在她纤长的手上，随着节奏晃动着。那场景，那佳人，装进了台下无数男孩儿的心中。

那天之后，卢小锦多了无数的追求者，唐小年是其中最勇猛的一个。他同她另外的追求者打架，他说他要打跑卢小锦所有的追求者；他跑到她的宿舍楼下狂喊：卢小锦，唐小年爱你！在她生日的那天，唐小年和他的兄弟们在卢小锦宿舍楼下的草地上，用蜡烛摆了一个大大的"LOVE"，几个人抱着吉他、贝斯猛唱情歌，从《爱如潮水》到《你知道我在等你吗》，从《你怎么舍得我难过》再到《月光倾城》，一曲接着一曲，大有卢小锦不下楼便唱不停休的劲头。

卢小锦在舍友们的簇拥下来到唐小年的面前，唐小年一拍吉他，众人停下，随后换了一首《特别的爱给特别的你》。唐小年用已经哑了的嗓子，对着卢小锦深情地唱着。之后的岁月里，那曲《特别的爱给特别的你》最好听的版本便是她记忆里那略带嘶哑的歌声。歌至中间伴奏，唐小年放下吉他，从后面抱出一大捧娇艳的玫瑰，举到卢小锦的面前，在场所有人都起哄着高喊："收下吧！收下吧！"

唐小年追求她的方式真肩俗，卢小锦后来这样想。可在当时，不谙情事的卢小锦被这汹涌而来的示爱顿时冲昏了头脑，接过玫瑰，唐小年成了卢小锦的男朋友。自此之后，开满洁白栀子花的民族学院里又多了一对玉人携手相行的倩影。

还是学生的唐小年自然是囊中羞涩，可满含爱意的心里却时时能冒出些浪漫的招数。唐小年第一次带卢小锦出去逛街，累了时，他带着卢小锦到她喜欢的杜斯维特小憩。两人各捧一杯冰凉的果汁，她的那杯是奶白色的荔枝味道，他的那杯是青青的哈密瓜味。他们嘴里叼着吸管，胳膊搭在桌子上，脸对着脸，眼望着眼，那果汁便如同加入了卡坦精般甜蜜。

现在的卢小锦，再路过杜斯维特这种地方的时候，只会遥遥地望一眼，不会迈进去。只是在当时，这样的地方也不是他们随便就能消费的，可她爱喝的果汁味道唐小年却牢牢地记在了心里。

每天晚自习过后，唐小年便拖着卢小锦在校园里跑步，她跑累了，耍着赖不肯再跑一步，说要喝过水才能继续。唐小年却说："再跑十九个路灯，哥给你买果汁！"卢小锦被他拖着一盏盏路灯数着跑，到第十九个路灯下，果然有一杯外卖的杜斯维特果汁摆在那里。唐小年拿起递给她。卢小锦喝一口果汁，回头冲唐小年甜甜地笑，然后探身过去，轻吻了唐小年的脸，清清淡淡的荔枝香气就在唐小年的身边四散开来。

音乐停止了，瞬间的静寂打断了卢小锦的回忆，刚才的电话，会是唐小年吗？自从毕业后，他们和大多数分手的校园恋人一样，为了前程各自奔波着。沉浮商海十年，卢小锦已经是一名成功的女商人，初恋时的唐小年，虽然她偶尔会念起，却也在忙碌的事务中情感逐渐淡去，终无相见。

刚才，会是他打来的电话吗？一别十年，这份旧，又该如何叙起呢？

她拿起手机，略一犹豫，又换另外一部手机回拨了那个号码，仍是刚才那个男声接通了电话，她轻声说："喂，是唐小年吗？我是卢小锦。"

"对不起，你打错了。"挂断的电话里嘟嘟地传来一连串忙音。

（本文刊于《鲁北文学》《洛北文艺》等杂志）

母亲的谎言

他能坐上现在的位置，真的挺不容易。当年作为刚毕业的大学生，出身农村的他在找工作时也是同大学扩招后一样竞争激烈。幸好，他遇到他的妻，妻子的父亲在某局任着一个不大不小的官儿，关键时刻，老丈人出手助了一把，他才得以顺利地进了国企。这些年，人前人后，他付出比别人多百倍的心计和汗水，终于换得现在的地位。他是个有良心的人，对于岳父的帮助，他不只记在心里，而是时时地回报着，三天两头去看望岳父，还一直资助着日子稍显困难的妻妹。他娇纵着他的妻，偶尔面对妻子的张扬跋扈，他的心里也会微微失衡，可想到一辈子清正刚直的岳父为他伸手开了后门这件事儿，委屈也就慢慢地消了。

自从结婚后，每年春节他们一家三口都是在岳父家过，因为妻家里只有两个女儿，岳母早逝，家里只剩下岳父一人。一到过年，邻里舍间人来人往，唯独岳父自己冷冷清清，妻不愿意，他也不忍心撇下孤单的老人。后来妻妹结了婚，也是效仿姐姐、姐夫回娘家过年，再后来两家都有了孩子，这年回回倒也过得热闹。

他的心里，也会常常想起远在乡下的寡母，庆幸的是他还有两个弟弟都在乡下母亲身边。饶是这样，他的心里仍是过意不去，只是在平常日子回家见了母亲，尽可能多地给母亲塞些钞票，母亲每回都像钱烫手一样死活要塞回给他。

日子在他职位的升迁中慢慢流逝，如今他的儿子都跟他一般高矮了。这一年，他的老岳父因为中风进了医院，他跑前跑后地叫着爸伺候着，同病房的人都以为他们是父子。老爷子终是没有挺过这一关，临去前拉着他的手，说："好女婿，没白疼你！"

冬天又到了，冰凌刚刚挂上窗边的时候他就跟妻商量好，今年要回乡下过年，妻同意了。临近春节那几天他更是兴奋，每晚都给妻讲着乡下过年的热闹；讲两个弟弟喝着酒，两个弟妹忙碌着包饺子，四个侄儿侄女争着抢着去点燃新年夜里第一串爆竹的场景……这些，都是母亲告诉给他的——母亲讲这些事儿时洋溢着一脸的幸福。

当他携妻儿开车载着一车丰盛的年货，在年三十中午抵达乡下的家，门上却是铁将军把门。敲开对甭邻居的门，不等他发问，邻居的话便像铁锤一样句句砸到了他的心上："你两个弟结婚后都不当家，你弟媳们说老大都不在家过年,年年拉着你的弟弟们回娘家过年,你娘便和村里的五保户们凑到一块儿去过年,这会儿他们在村委会呢……"

想起十几年来娘和他说起过年场景时的一脸笑容,年过四十的他在邻居、妻儿的面前号啕大哭。

(本文刊发于《生活新报》《德州晚报》等报刊)

轻轻流过的夏风

"她的长发从我眼前飘逸而过,她的眸子晶莹闪亮,我对着她的身影凝望许久,终于等到她瞬间的回眸,一眼,就一眼,便点亮了我整个青春……"我站在三楼教室窗口对着外面深情地朗诵着我的新作,身后传来那经典的湖北腔:"熊娃子,搞什么文艺青年的腔调,多大点儿人,还凝望,还回眸,再不回座位上信不信我点亮你这次考试的红灯!"我转身敬个礼,顺从地坐回座位上。

那位不喊熊娃子不开口的先生便是我们的老师,初二(七)班班主任,人送美称吕秀才,不仅因为他姓吕,而是他和吕秀才长得极像。初夏他接任我们班主任,第一堂课,他一本正经地介绍自己说:"同学们,我姓吕,十二年前跟随我的妻来在这九达天衢的德州……"我们抑制不住哄堂大笑,他还在一本正经地讲,"……十二年来,我每次讲这句话的时候学生们都在笑我,最近几年是因为那个《武林外传》里的吕秀才,可前些年没《武林外传》的时候他们也笑,真让我想不明白……"

不过马上我们便笑不出来了，因为吕老师为了解我们的语文功底，上来就安排了一次摸底考试。考就考，谁怕谁，自打进了幼儿园，同学们哪个不是身经百"考"？关键是这吕老师在摸底考试前的一句话："摸底考试的成绩我也会跟各位的家长分享一下。"这不是赤裸裸的恐吓嘛！尤其是对于我们几个成绩不好的学生，考试我们不怕，最怕的是考试之后，拿到成绩单后家长盛怒的眼神和手里的教子器材。

可是没想到的是，考题却并不刁钻，全是出自课本上的内容。纵是如此，也仍是有些题目让我绞尽了脑汁也没填全。而最后的作文题处，却是这样写道："题目随意，题材随意，字数随意。"哈！这可对了我搞笑文艺青年马小杰的路子，说什么我也要写一篇极具创意的诗来"一雷惊人"，让他吕秀才对我永世不忘！

我写道："曾经，我立志要做一名诗人，我最崇拜的诗人是海子，我决定要改一首海子的诗来作为我今天的作文！"

  从明天起，做个自恋的人

  打球、唱歌，到处嘚瑟

  从明天起，关心德州四环醋

  我有一间宿舍

  面朝操场，看得见美女帅哥

给每一个喜欢的，每一个讨厌的人取个响亮的外号

恨的人我就不给你取了

因为，你只是我生命里一个打酱油的

我只愿啃着羊排，喜笑颜开

试卷交上去我便和几个死党跑着打球去了。

十一点半钟，在渐渐毒辣的阳光下奔跑着，汗珠大滴大滴地往地上砸着，每一次进球时的欢呼都喊到声嘶力竭，直到12比4大胜初二（九）班，顾不得嫌弃谁身上的泥和汗，抱在一起跳着，嘴里呜里哇啦地喊叫着，突然就看到了站在一旁咧嘴笑着的吕老师，显然他也被我们的开心感染了，大大的眼镜遮不住他的笑意，我们对望着，嘿嘿地笑着。他突然就说了一句："熊娃子，我看不出你哪忧郁啊！挺阳光的嘛！"

后来我才知道，他在看了我改的诗后，特意满校园里找我。他说："马小杰咱俩谈谈吧！"这是他第一次没喊熊娃子而是喊了我的名字。我说："行啊！"于是我俩就席地坐在柳树下面开始了我们的谈话。他说："马小杰，我从刘老师手里接过这个班级的时候，他把你们的情况跟我大概讲了下。另外，因为你在学校太'著名'了，我还特意找别人打听了你的情况。我希望年底开家长会的时候，我能够跟你的妈妈说，马小杰这半年的进步真大！我想，你也一定愿意看到她为这句话开心成什么

样子！"说实话，我——坏学生马小杰被老师找谈话已经麻木了，可在那一刻我被他的话给感动得嗓子眼儿里堵堵的，想说点儿能让他欣慰的话，可是却从我嘴里冒出一句："吕秀才，咱不用这么直白吧！"

我安稳了三天。

第四天下午，我看着讲台上摇头晃脑的历史老师实在是厌烦，给苏奇兵扔了张纸条，纸条上写着：在咱们住的小区三排七幢的房顶上，有个红色的信号灯每天晚上都闪啊闪的，据说那幢楼里藏了台湾的特务，每当信号灯闪的时候就是特务在跟台湾方面发消息。你有没胆量跟我去破坏掉他们的信号灯？

过了一会儿，纸团扔过来，上面有一行歪歪扭扭的苏氏字体：杰哥，我跟你去！

夜里，下了晚自习回到家，桌子上摆着一块蛋糕，一盒果味酸奶，一盘水果。还有一张纸条儿：小杰，妈妈医院里有手术，晚上你吃点儿东西早点睡。我把蛋糕三两口消灭掉，把果味酸奶和一个橙子装进口袋，跑到三排七幢楼道口，苏奇兵已经等在那里。

从顶楼顺着脚手架爬上顶层的平台，夜里风还真有点凉。那个信号灯就在一个五米多高的柱子上闪着诡秘的红光。我掏出橙子递给苏奇兵，他边吃边问我："杰哥，这真的是特务的信号灯吗？"我故作深沉地说：

"消息百分之九十九可靠。"苏奇兵又问:"那咱破坏了敌人的信号灯是不是为国家立了功？"我说："绝对的！"苏奇兵又接着问："那会不会给咱们发奖励？若是真发奖励，我就说，我不要奖励，给我评个三好学生就行了！"我答道："这不是校三好生的问题了，那得是市三好生！"苏奇兵听得眼里精光一闪，就和那信号灯一样。我握着他的手郑重地说："这个表现的机会，哥让给你了！"苏奇兵刚想张嘴说什么，我掏出果味酸奶拍在他手心里，苏奇兵一抹鼻子，转身冲着那柱子去了。

要说苏奇兵，虽然打小脑筋就不灵光，可是这爬高上墙的事儿还真数他轻巧，三两下就爬上了那柱子，眼看就够到那红灯了。就在这时，听到楼下面空地上有人在喊："柱子上那孩子，快下来，别动那航空障碍灯！"苏奇兵到底是个乖孩子，一听人喊便下来了，可是下来得太快了，他在柱子顶端便松了手，直直地掉下来的，啪嗒一声摔在顶层的平台上，摔出一声闷哼，不动了。

我发誓，虽然我打小就爱戏耍笨笨的苏奇兵，但我半点儿想害他的心也没有，我只是想骗他爬上去，摘下我摘不到的那颗红灯，但是我没想到他会摔下来，而且摔得这么重。学校里第二天就知道了，吕秀才灰着脸从学校教导主任那回来，把我从教室里叫出来。我以为，他得狠狠地骂我一顿，他却只是盯着我看，直到把我看得发毛了，手指头绞来拧去的,都不知道该往哪里放了。这可不是马小杰的作风,想当年马小杰闯了祸去见校长的时候,都没有胆怯过,如今在吕秀才透着忧伤的眼神里,马小杰却心慌异常。

吕秀才叹了口气,说:"跟我一起去医院看看苏奇兵吧。"吕秀才买了一大袋子水果带着我到了病房,幸好苏奇兵已经没事儿了,坐在床上,看到我还伸手向我比画着"V"字。我妈正在那点头哈腰地对苏父和苏母说着什么,苏母一见我,满腔怒火终于找到了出处,一连串责骂的词儿从她那丰厚的嘴唇里蹦出来,吕秀才想拦都拦不住。我就纳闷了,她那么聪明的头脑,怎么会生出苏奇兵这么愚钝的儿子!吕秀才几经安抚,苏母才熄了火气。我看着吕秀才点头哈腰地劝慰她,心里头酸酸的,本想顶她几句,可看看吕秀才,我忍住了。

出了医院的门儿,我们顺着马路边儿往学校走,吕秀才说:"别人再傻再笨也不要欺负他,因为善良是人性里最美的一朵花。"想起之前戏耍苏奇兵的种种往事,我确实感到有点儿后悔,我在想,是不是应该做些什么来弥补一下苏奇兵?可我张了张嘴,却对吕秀才说:"我往后不翘课了。"

坏学生马小杰突然就变得特别爱学习了。下了课,我安安静静地坐在教室里捧一本书读,同学们来找我下午翘课去打球儿,我摇头。他们说:

"马小杰,你不是真想做乖学生吧?你能坚持十天不翘课吗?"我伸一根食指,说:"你数着看!"

可是我真的没坚持到第十天。第六天上午,刚一到学校我就听说了吕秀才出车祸进了人民医院,他骑电动车,被一辆酒驾的小轿车撞了……后面的我没细听,就以百米冲刺的速度奔人民医院去了。

他会不会被撞成动都不能动的植物人?他会不会已经……我摇摇头,抹一把脸,湿的,是汗。

吕秀才,你可千万不能有什么事儿,我已经开始学着做一名好学生,若是失去你,谁来督促我……跑着跑着,文学少年马小杰边被自己煽情得眼泪直流。

打听到他的病房,推门过去,吕秀才正坐在病床上抱着半块西瓜大口大口地吃着,他抬起头,看到满脸汗与泪的我,一口鲜红的瓜瓤喷出来,他抹一把嘴,恨恨地说:"马小杰,你又翘课!"我晃荡着走过去,摸摸他的头、拍拍他的肩,又拍拍他的腿,嘴里问着:"这儿没事儿吧……这儿也没事儿吧……"吕秀才看着我连跑带哭、上气不接下气的样子,别过头去笑:"没事儿,放心回去上课吧!"我抹着脸,嘟囔着:"怎么可能没事儿,不是被酒驾汽车撞的吗……"他回过身一拳擂在我肩上:"你小子盼着我有什么事吧?"我不好意思地笑笑,病房里的人们也被我们逗乐了。我蹲在他床边，小声说："吕老师，你好好养着。"这是我第一次正经地喊他吕老师，病房里的人都微笑着看着我，吕秀才又一次转过头去。窗外，夏风吹过，洁白的栀子花散发出阵阵幽香，我却看到他眼角湿了。

(本文刊发于2012年《中学时代》《鲁北文学》杂志)

与文字谈一场有始无终的恋爱（代后记）

岁月不曾斑驳，记忆亦不曾泛黄，可是当年那个抱着一堆"闲书"猛啃的黄毛小丫头如今已经被声声"阿姨"萦绕。时间快得难以想象，仿佛前一秒我还趴在小土屋的柜台上读书，下一秒就跳到如今的办公桌前，根本不曾想过我爱上写作已近二十年。

那时候，我所谓的写作，其实就是写日记。从小学四年级开始，最初，满本子都是简单的天气、饭菜、课堂琐事，随着年龄增长，见的世面多了，日记本里的内容也日渐丰富。

在十三四岁的朦胧年纪我走进初中，班上男生偷偷谈论女生，女生偷偷谈论男生。而我那时候迷上了金庸，每天在日记本里幻想自己是个身怀绝技的女侠，天马行空、飞来飘去。

初一那年，我郑重其事地"出版"了一本书《令狐冲下山》，线装的小本子，仿着小说的样式认真地画了封面封底，按照章回小说的格式一篇篇写下去，一笔一画比交给老师的作业还要仔细几分。我给自己取了个响亮的笔名——彭祖。写完后，屁颠屁颠地拿回家给父亲看，结果大伤人心——爸爸说："彭祖也是你敢自称的，回村儿里不怕挨揍啊！"

十八岁，青涩的年纪，我步入中专。胆大的同学背着老师谈恋爱，我胆小，就在日记里构思一篇篇臆想出来的爱情故事。可也仅仅限于臆想，当年有个男生偷偷地递纸条给我，满纸的爱慕言辞。我不仅不浪漫，还特别"二"地指着他说："别给我整事儿啊，信不信叫人揍你！"呜呼哀哉，自此，男生见了我全都远远地绕着走。

终于毕业了，我回到我的母校——本镇的一所乡村小学，任教六年。这六年里，我不仅有了许多书可以读，还看了满满一纸箱的电影——那时候流行 VCD 碟片。当同学们都陆续地结婚生子了，我妈急了，到处托人给我相亲，可我却依然沉浸在文字的小世界里怡然自得。

2000 年开始接触网络时，在一个邻居大哥哥的推荐下，我在"榕树下"原创文学网站注册，取名"花瓣雨"。那时候，我痴迷着安妮宝贝，她贴在"榕树下"的每一篇文章我都细细读过，再回头看看自己青涩干巴的文字，我又黯然。最终，我也不曾在"榕树下"贴出一篇文章。

如果说青春有遗憾，我最后悔的就是没有把写在日记里的文字贴到

"榕树下"。二十六岁那年，因为一场情变，我赌气把二十三本厚厚的日记付之一炬，过后大悔，却再也找不回那些文字。

记忆里，失恋，远远不及失去那些文字让人遗憾。

那之后的一两年，仿佛是一两个世纪那么久，我走过了许多地方，才又在家乡的城市停住了脚步。

我不再写日记，可是那些文字却在心里汹涌，终于在一个周末的午后它们从我的指尖倾泻而出，化成一篇篇文章，登上一份份报纸、杂志。那段时间，我整个身心都扑在写作上，吃饭、走路都在想着构思情节。

夏天，我抱着键盘在蚊帐里写；冬天，擦着鼻涕水在被窝里写。出租屋里没有网络，只能趁下班在办公室里上网学习、查资料。有一次，我在办公室上完远程教育的课，已经是夜里九点。出了办公楼，大雨倾盆如注，没带伞的我跌跌撞撞地奔跑在雨夜。闪电一个接着一个，我摔倒了，膝盖着地的刹那，眼泪也夺眶而出。我想起奶奶说过，走夜路时不能哭，吓得我爬起来继续狂奔……心里念着：天空被雷雨划破，黑夜便有了火。仙人掌开出花朵，沙漠就有了颜色。

经过许多，我才慢慢领悟，其实恋爱与写作有着异曲同工之妙，只要心中不忘有爱，随着时间的酝化，终会变成一团团甜蜜回馈你。

2011年,在接受电台《夜色德州》栏目采访的时候,我告诉主持人海宁姐姐:"文字不是我的职业,但却会是我一生的爱好。"

九年后,我再次转头回顾来时路,从职业技术学校的老师到私企HR,又从房地产企业杂志编辑转到德州日报做记者,我与文字的这场恋爱愈来愈浓。写作早已经从当初的爱好,一路缠绵变成了一日三餐、衣食住行的依靠。

夜深时,翻看自己之前出版的两本文集,与文字一路翩然同行的日子历历在目,那些曾经付出过的汗水与经历过的艰辛也化为欣慰的笑容与泪水。

这一生,与文字的这场恋爱,我无悔。